독일산
삼중바닥
프라이팬

독일산
삼중바닥
프라이팬

오영이 소설집

산지니

차례

독일산
삼중바닥
프라이팬

스무 살에게 100일이란
뭐든 할 수 있는 기회인 동시에
아무것도 할 수 없는 기간이었다.
앞머리를 컬로 감아 볼륨을 만드는
것과 머리띠로 쓰윽 밀어 올리고 마
는 것만큼이나 극에서 극으로 이
어질 수 있는 그런 시간.

나는 지금 공터에 버려져 있다. 손잡이는 휘어져 있고 주철로 처리된 바닥 가운데는 한쪽이 솟아올라 있다. 삼중의 주철 위에 벌집무늬를 넣고 그 위에 다시 다이아몬드 코팅을 한 몸체가 계속해서 욱신거린다. 불에 직접 닿는 뒷면에 덧댄 알루미늄 마감재는 천박하게 스크레치까지 나 버렸다. 다이아몬드 코팅 위에 불소수지를 한 번 더 입힌 몸체가 이 정도로 훼손되는 건 흔한 일이 아니다. 내 원산지 독일의 광산촌을 떠나 프라이팬으로 태어나기까지의 그 엄격한 공정을 생각한다면 도저히 있을 수 없는 일이다.

도대체 무슨 일이 일어난 건지를 되짚으며 공터에 누워 있자니 끔찍한 장면이 자꾸만 떠올라 나는 괜히 몸이 떨린다. 그런데 정말…… 그런 일이 일어난 걸까, 아니면 충격을 덜기 위해 이런저런 기억들을 조합한 내 착각일까? 나는 순간 움찔한다. 프라이팬에게 기억이라니. 하지만 내겐 기억이 있다. 매순간을 고스란히 다 떠올릴 수 있는 건 아니지만 분명 기억이 있고, 내가 기억하는 사건들을 거쳐 여기까지 왔다.

내가 태어난 곳은 뒤스부르크. 라인 강과 루르 강이 만나는 지점이다. 한때 한국의 광부들이 몰려들어 밤낮으로 갱도를 파들어 가던 도시. 가족의 안녕과 행복을 위해 이국의 땅으로 모여든 한국의 광부들이 부지런함으로 세계를 놀라게 했던 그곳에서 나는 태어났다. 그리고 뒤스부르크의 오래된 광산에서 채굴돼 철강 도시 보훔으로 옮겨져 탄소 함량에 따라 강철과 주철로 나뉠 때, 고급 주철로 분류되면서 주물공장으로 갔다. 나는 탄소를 많이 함유하고 있어 단단하지만 잘 깨지는 재질을 타고 난 반면 주조가 쉬워 기계의 부품이나 주방용품 같은 주물에 적합한 성질을 지녔다. 뒤스부르크에서 갈은 광부의 손에 의해 광산 밖으로 나온 강철이 스텐레스 강(鋼)으로 다시 태어나기 위해 슈투트가르트로 가는 걸 지켜보다가 보훔행 기차의 화물칸에 실렸을 때 나는 설렜다. 새로운 모습으로 다시 태어난다는 건 분명 설레는 일이다. 그것이 프라이팬이라 하더라도.

긴 여행을 거쳐 내가 도착한 곳은 주방기기를 만드는 공장 베른데스사(社)였다. 쌍둥이칼로 유명한 헨켈사(社)나 알텐바흐사(社)로 가게 될 거라 생각했는데 뜻밖에도 나를 기다리고 있었던 곳은 베른데스였다. 벌집모양으로 다이아몬드 코팅처리가 된 "삼중바닥 프라이팬"으로 유명한 바로 그 베른데스 말이다. 나는 보기 드문 출신성분을 지닐 수 있게 되었다. 베른데스사를 설립한 사장의 조상 헤르만 베른데스의 생애를 생각할 때, 이 회사의 상표를 달고 한평생을 살 수 있다는 건 보통 행운이 아니었다.

헤르만 베른데스는 2차 세계대전 말 전쟁을 반대하다가 처형당했다. 마을 곳곳에 징집을 독려하는 공고가 나붙자, 그는 전쟁으로부터 마을을 보호하자는 격문을 공고문 옆에 붙였다. 당국에서는 헤르만 베른데스를 체포

해 바로 교수형에 처했다. 마을 사람들은 잠잠했다. 전쟁이 끝나고 전범재판에서 그를 체포했던 당사자도 사형을 당했다. 이때도 마을 사람들은 잠잠했다. 그 후 베르데스 가문의 후손이 주물공장을 차려 세계적인 기업이 되어 가는 걸 지켜보면서도 마을 사람들은 그저 잠잠했다.

나는 인류사에 있어서 몇 번이나 정의가 실현되었으며 그렇게 실현된 정의가 시간이 지나도 여전히 정당한지 알 수 없지만, 적어도 요리도구만큼은 피의 역사와 무관해야 한다고 생각한다. 요리도구란 가족이 둘러앉는 식탁에 오를 음식을 준비하는 것이고, 그 음식을 먹으며 아이는 자라 청년이 된다. 그리고 청년이 중년과 노년을 거쳐가며 희로애락을 느끼는 그것이 인생이다. 결국 인생이란 주방의 사소한 요리 하나로부터 시작되는 것인지도 모른다. 그런데 누가 함부로 요리도구를 만들 수 있단 말인가? 반전(反戰)을 주장하다가 처형당한 베르데스의 가문사와 무관하지 않은 태생을 지닌 나는 자고로 요리를 둘러싼 모든 것들은 신성해야 한다고 생각한다. 한낱 쇠붙이를 성형한 주물에 지나지 않는 나도 이런 생각을 갖고 있는데 인간들은 도무지 어떤 생각으로 사는지 모르겠다.

공터에 누워 이런저런 생각을 하는 동안 해가 진다. 지는 해를 보고 있자니 불현듯 묘한 감정에 휩싸인다. 이 감정의 정체는 뭘까? 지는 해를 배경으로 장면 하나가 떠오른다. 억지로 기억을 더듬다 보니 은은히 풍겨오던 섬유유연제 향이 생각난다. 컨테이너에 실려 바다를 건너와 최초로 진열되었던 주방용품코너에서 나를 골똘히 들여다보던 성 여사. 성 여사에게서 나던 섬유유연제 향을 떠올리는 순간 비로소 알 것 같다. 울컥 느껴지는 이 묘한 감정은 그리움이다.

기억, 하나

나는 시내에 막 들어선 백화점의 진열대에 누워 엠보싱 비닐포장지의 폭신한 감촉을 즐기고 있었다. 백화점은 쾌적했다. 독일을 떠나 인천항에 닿을 때까지 캄캄한 컨테이너를 견뎌 낸 보람이 있었다. 오로지 가족의 안녕을 위해 끊임없이 갱도를 파들어 가던 광부들의 나라라 그런지 백화점을 오가는 사람들은 한결같이 행복해 보였다. 온도도 적당하고 조명도 고급스러웠다. 누가 나를 선택할지, 어떤 곳으로 가게 될지 설레는 마음으로 백화점의 은은한 조명 아래 누워 있을 때 어디선가 향기가 풍겨 왔다. 그것이 녹차 향 섬유유연제 냄새라는 걸 안 건 나중 일이었지만 온화하고 따스했다. 향기와 함께 성 여사가 내게로 왔다. 성 여사는 내가 놓인 진열대로 다가오더니 엠보싱 비닐포장지를 살짝 들추고 내 손잡이를 잡았다. 손길이 부드러웠다. 오랜 시간 부드러움에 몸을 푹 담그고 있었던 사람만이 가질 수 있는 태도가 그 손에 배어 있었다. 나는 성 여사의 소형차에 실려 그녀의 집으로 갔다.

"새로 산 프라이팬으로 갈치를 구웠더니 노릇하게 잘 익었네. 식기 전에 먹어 봐."

성 여사는 식탁을 차리며 아들을 사랑스럽게 쳐다보았다.

"잘 먹겠습니다."

성 여사와 눈을 맞추지 않은 채로 아들은 예의바르게 인사를 했다. 수저질을 하는 아들의 등 뒤로 초가을의 해가 지고 있었다. 나는 가스레인지 위에 얹힌 채 지는 해를 배경으로 묵묵히 밥을 먹고 있는 아들을 바라보았다. 올해 고3이 된 아들은 늘 말이 없었다. 목에 추를 매단 듯 고개를 들지 않는 아들은 밥상을 차리면 밥을 먹었고, 학원 차가 오면 학원으로 갔다. 감기라도 걸려 열이 나면 해열제를 먹은 뒤 학원 차를 탔고, 돌아오면 인터넷 강의를 들었다. 휴일이라 해서 늦잠을 자거나 티브이 예능 프로그램을 보며 깔깔거리지도 않았다. 예의바른 인사 외에 딱히 다른 말을 할 일도 없었다. 성 여사는 그런 아들을 바라보면 그저 듬직했다. 꾸준히 내신 1등급을 유지하는 아들의 성적은 아무리 밀어도 밀리지 않는 벽이 되어 줄 거라 믿었다. 남편은 월급명세서 속에나 존재한 지 오래였고, 딱히 직장이 있는 것도 아닌 성 여사에게는 아들 외에 다른 벽이 없었다. 이번 달부터 수능 때까지, 수학과외를 시키자면 또 대출을 내야 하지만 그렇게 하면 아들은 의대에 들어갈 수 있을 것이다. 그거면 됐다. 아들이 의대만 들어가 준다면 다 되는 거라고 성 여사는 믿었다.

성 여사는 능숙하게 나를 다뤘다. 녹을 방지하기 위해

입혀 놓은 피막을 벗긴답시고 수세미로 문질러대는 무식한 짓은 하지 않았다. 세제 대신 굵은 소금을 뿌려 서서히 달군 후 마른 행주로 닦아내는 성 여사의 손길은 다정했다. 불을 최대한 낮춰 놓고 우유를 부어 뭉근하게 끓여내는 것도 그렇고, 알루미늄으로 마감된 뒷면을 얼굴이 비쳐 보일 정도로 꼼꼼하게 닦는 솜씨도 예사롭지 않았다. 주부가 새 팬을 길들이는 과정이란 나로서는 처녀막을 벗는 일, 아무렇게나 덜컥 길이 나 버릴 수는 없다. 이 과정에서 나는 길이 들거나 저항하거나 마음을 정해야 하는데, 성 여사의 노련한 솜씨에 처음부터 저항할 마음이 생기질 않았다. 제육볶음을 하거나 민어조림을 하고 난 뒤 쌀뜨물에 베이킹파우더를 섞어 끓여 내고 과일 껍질을 내 바닥에 깔아 두었다가 요리를 하는 성 여사를 보고 있으면, 유능한 전업주부의 주방으로 오게 된 행운에 숙연해지기까지 했다.

노을이 곱던 어느 날, 저녁상을 차리던 성 여사에게 아들이 말했다.

"엄마, 나 이제 공부 그만 할래요."

약한 불에 나를 달구고 씨알 굵은 장어토막을 얹던 성

여사가 집게를 떨어뜨렸다. 변함없이 예의바른 아들의 목소리에 잘못 들은 것이려니 했다. 하지만 다시 집게를 들고 장어토막을 집는 성 여사의 손이 심하게 떨렸다. 치익, 장어가 익어 가는 소리 너머로 고개를 숙인 아들의 말이 이어졌다.

"이게 제 한계예요. 더는 올라갈 수가 없어요. 아무리 노력해도 이제 안 될 것 같아요."

"그게 무슨 말이니? 지금까지 잘해 왔잖아. 지금까지 너한테 투자한 돈이 얼만 줄이나 알고 하는 소리니?"

"엄마도 이제 포기하세요. 저 이번 시험 망쳤어요. 내신 등급 내려갈 거예요. 제발 공부 좀 그만하게 해 주세요. 반에서 일등을 하면 전교에서 일등을 해야 하고, 전교 일등을 하더라도 그게 끝이 아니잖아요? 이제 더는 못 하겠다고요!"

아들의 입가에 허옇게 거스러미가 일어나 있었다. 나는 아들의 목소리가 저렇게 큰 줄 몰랐다. 추를 매단 듯 늘 숙이고 있던 머리를 들 수 있는 줄도 몰랐고 성 여사를 정면으로 쳐다보며 소리를 지를 줄도 몰랐다. 성 여사도 마찬가지였다. 그렇게 고분고분하기만 하던 아들이 왜 이러는지 이해할 수가 없어 성 여사는 말문이 막혔다.

"니가 지금 힘들어서 그래. 고3이잖니? 얼른 저녁 먹고 힘내서 학원 가자, 응?"

밭은 숨을 내쉬며 성 여사는 내 몸에 가지런히 얹혀 있던 장어구이 한 토막을 젓가락으로 집어 아들의 입으로 가져간다.

"이거 먹고 힘내! 비싼 거야."

순간, 아들은 성 여사의 손을 홱 뿌리친다. 그 바람에 장어가 바닥에 나뒹굴었다. 성 여사는 입을 앙다물고 숨을 고르며 다시 장어를 집어 아들에게 내밀었다. 아들이 다시 한 번 뿌리치는 것과 성 여사의 손이 아들의 뺨을 행해 날아간 것은 거의 동시였다. 그리고는 성 여사의 입에서 나온 거라고 상상하기 힘든 큰 목소리가 집 안을 쩍 갈라 놓았다. 온전한 발음 절차를 거치지 않고 튀어나온 소리들이 집 안 여기저기를 부딪치며 돌아다녔다. 성 여사가 식탁을 내려치며 포효를 하고 머리를 헝클어트리며 비명을 질렀다. 그러는 동안 아들은 다시 목에 추를 매단 듯 고개를 숙였다. 그칠 줄 모르는 성 여사의 고함 소리와 붙박인 듯 고개를 숙인 채 꼼짝을 않는 아들. 같은 장면이 반복되는 홍보영상처럼 성 여사의 고함과 아들의 침묵이 이어졌다.

식탁 너머 베란다에는 비스듬히 볕이 들어와 있었지만 가을볕에는 힘이 없었다. 여름내 그렇게 독하게 내리쬐던 열기가 어느새 이렇게 사위었던 걸까? 온기는 없이 밝음만 있는 햇볕에 나는 왠지 진저리가 쳐졌다. 가스레인지 위에 앉아 성 여사와 아들을 지켜보던 나는 성 여사가 어서 평정을 되찾기를 바랐다. 나를 다루던 온화한 손길을 생각하면 지금 저 모습이 정말 성 여사가 맞는지 의심스러웠다. 나는 성 여사가 얼른 본래의 모습을 되찾기만을 기도했다. 체에 거른 계란 물을 내 바닥에 부어 계란말이를 만들거나 노릇하게 구워지는 갈치를 내려다보던 성 여사의 온화한 얼굴이 너무도 그리웠다.

그때 기적처럼 성 여사가 다가와 내 손잡이를 잡았다. 부드럽지만 단호한 성 여사의 손길이 닿자 나는 비로소 마음이 놓였다. 식탁 앞에 앉아 고개를 숙이고 있는 아들은 이제 성 여사가 차려 내는 음식을 먹고 학원에 가겠거니, 나는 안도했다.

성 여사는 나를 잡은 손목에 힘을 주었다. 그리고는 내 바닥에 남아 있던 장어 토막을 손으로 집더니 아들의 입에 욱여넣었다.

"이거 먹고 당장 학원 가!"

그렇게 말하는 성 여사의 눈에서 번뜩 광기가 흘렀다. 나는 가슴이 철렁 내려앉았다. 순간 아들이 벌떡 의자를 밀치며 일어났다. 아들의 눈에도 광기가 흘렀다. 그와 동시에 아들이 성 여사의 손에서 나를 낚아채 바닥에 패대기를 쳐 버렸다. 그리고는 어느 결에 현관문을 열고 나가 버린다. 쾅하고 문 닫히는 소리가 났다. 영문도 모른 채 장어를 쏟으며 바닥에 나뒹굴고 있는 내 옆에 성 여사가 무너지듯 주저앉는다. 여기저기 장어토막이 흩어져 있고 그 옆에 넋을 놓고 앉아 있는 성 여사는 오랫동안 움직이지 않았다. 베란다 밖으로는 어느 때보다 고운 노을이 걸려 있었고, 나는 거꾸로 엎어진 채 그 광경을 보고 있어야 했다.

한참을 바닥에 주저앉아 있던 성 여사가 천천히 몸을 일으켰다. 학원 갈 시각에 맞춰 고개를 숙이고 들어오는 아들의 저녁을 다시 준비하려는 걸까? 나는 갑자기 힘이 났다. 하지만 믿을 수 없는 일이 일어났다. 성 여사가 바닥에 나뒹굴고 있던 나를 집어 들더니 베란다 밖으로 던져 버린 것이다. 나는 영문도 모른 채 17층 아파트 밖으로 던져져 화단에 떨어졌다. 워낙 순식간에 일어난 일이라 내가 추락했다는 걸 깨닫는 데도 한참이 걸렸다. 비명을 지를 틈도 없이 나는 화단의 흙바닥에 손잡이가 처박혀 있었던 것이다. 그나마 한적한 곳이어서 다행이지 지나다니는 사람이 많았더라면 어떻게 되었을까? 나는 끔찍한 상상에 몸서리를 치며 위를 올려다보았다.

힘을 잃은 가을볕은 여전히 성 여사의 아파트 안으로 비쳐 들고 있었고, 열린 창밖으로 커튼이 바람에 날렸다. 위험스럽게 날리는 커튼 자락 너머로 그다음 무슨 일이 벌어졌는지는 알 수 없지만, 일어나서는 안 될 일이 일어날 것 같은 생각에 왈칵 무섬증이 일었다.

기억, 둘

"이런 프라이팬으로 계란 프라이를 하려면 이박 삼일

은 걸리겠군"

왕관 모양으로 큐빅이 자잘하게 박힌 머리띠를 한 아가씨가 내 손잡이의 흙을 털어내며 말했다. 눈동자가 유난히 검었다. 아파트 화단에 떨어진 채 며칠이 지나도록 방치되던 나를 처음으로 발견해 준 J였다.

J 옆에 쪼그리고 앉아 있던 Y가 검지손가락으로 J의 이마를 꾹 눌렀다. J는 미간을 찌푸렸다. Y가 한 번 더 J를 향해 검지를 뻗자 J는 얼굴을 돌려 버린다. 짜증이 잔뜩 묻은 몸짓이었다. Y는 순간적으로 움찔하며 가만히 J를 내려다보았다. 눈을 내려깐 J의 속눈썹이 파르르 떨렸다. Y의 입에서 짧은 한숨이 새어 나왔다.

짧은 머리가 잘 어울리는 Y는 군복도 잘 어울렸다. 한숨을 쉬고 있었지만 절도 있는 몸놀림이 군인다웠다.

"그런데 프라이팬이 원래 이렇게 무거운 건가? 아니면 이 팬만 무거운 건가?"

어색한 분위기를 풀어 보려는 듯 J가 나를 들어 올려 몸체를 살폈다. 주철로 된 내 무게를 감당하기 힘들었는지 가는 팔목에 힘줄이 도드라졌다. 그런 J의 이마를 Y는 꾹꾹 누르며 말했다.

"나더러 어쩌라고 넌 이렇게 귀엽냐?"

동아리 선후배로 만난 그들은 꼬박 한 학기를 붙어 다녔다. J가 Y의 팔에 매달려 캠퍼스를 걸어갈 때면 동아리 멤버들은 팔에 돋은 닭살을 밀어내는 시늉을 했다. 멀리서 손나팔을 만들어 우우, 소리를 내는 치도 있었다. 그럴 때면 그들은 서로의 허리를 안으며 손을 흔들어 주었다. 손나팔을 만들었던 치는 고개를 절레절레 흔들며 팔에서 닭살 밀어내는 시늉을 했다.

한 학기가 지나고 여름방학이 되면서 Y는 마음이 급해졌다. 지방 사립대에 재학 중인 스무 살 청년은 결핍이 많았다. J와 팔짱을 끼고 여기저기를 돌아다니느라 학점은 엉망이었고 방학을 이용해 어학연수를 가거나 스펙이 될 만한 자격증 준비를 할 만한 처지도 아니었다. 느닷없이 명퇴를 당한 아버지는 따로 수입원이 없었고 이십오 년 동안 전업주부로 살아온 엄마 역시 무능했다. Y는 방학 동안 알바를 하지 않으면 다음 학기 등록을 할 수가 없었다.

그에 비해 성악을 전공하는 J는 누가 봐도 화려한 무대가 잘 어울렸다. 손바닥 하나로 다 가려지는 작은 얼굴과 정교하게 앞트임을 한 눈, 매일 한 시간 이상 거울 앞에 앉아 공을 들이는 화장술은 전문가 수준이었다. 대학 입학 선물로 받은 구찌 가방은 직수입품이었고 같은 주에는 같은 옷을 입지 않는다는 원칙에 철저했다.

Y가 최저임금을 계산하며 알바를 구하고 있을 때, J는 드라마 주인공이 달고 있던 귀걸이가 얼마나 촌스러운지 시청자 댓글을 다느라 바빴다. 구직에 실패한 Y가 버스 정류장 간이의자에 앉아 하염없이 땅만 바라보고 있을 때 J는 얼굴에 오이를 붙이고 낮잠을 잤다. 그럼에도 불구하고 둘은 한사코 붙어 다니기를 멈추지 않았다. Y가 휴학을 하고 자동차부품 납품업체에 취직을 했다는 말을 할 때도 J는 까르르 웃으며 Y의 팔짱부터 꼈다.

"오빠가 장갑 낀 손으로 얼굴을 스윽 닦으면 뺨에 까만 기름이 묻는 거야? 드라마 주인공 같아."

그 순간 Y의 얼굴이 굳어졌다는 걸 J는 몰랐다. 얼굴에 까만 기름을 묻히는 직업과 드라마 주인공의 간극만큼이나 그들의 태생이 다르다는 게 어떤 의미인지 모르기는 Y도 마찬가지였다. 그렇게 서로 다른 언어를 구사하면서도 그들은 틈만 나면 팔짱을 끼고 여기저기를 돌아다녔다. 그러나 한 학기가 지나면서 더 이상 그럴 수가 없었다.

휴학을 하고 몇 달이 지나자 군 입대를 통보하는 영장이 나왔다. 입대를 미루기 위해서는 복학을 해야 하지만 Y의 형편으로는 힘든 일이었다. 그들이 캠퍼스커플이 된 지 꼭 1년 만에 Y는 군 입대를 했다. 입대 전날, J를 성급하게 끌어안으면서 Y가 말했다.

"이제야 알겠어. 처음부터 너를 만나는 게 아니었어. 그러면 안 되는 거였어."

Y의 눈에서 걷잡을 수 없이 눈물이 흘렀다. 담담하게 작별 인사를 하리라 했던 다짐은 무의미했다. 희고 가는 팔로 J가 Y의 목을 감을 때부터 이미 그런 다짐은 무너질 수밖에 없었다. 스물의 청년이 다부지게 이를 악물어도 첫사랑의 자장을 벗어나는 것은 불가능했다. 아무리 그들 사이에 놓인 현실의 벽이 높고 견고하다 하더라도 그들은…… 스무 살인 것이다.

"제발, 나를 떠나지 말아 줘. 기다려 달라고는 안 할게. 제발 아무 데도 가지 말고 있어만 줘."

Y는 흐르는 눈물을 닦지도 않고 J의 몸속으로 파고들

며 다급하게 말했다. 간절하고도 사무쳤다. 말을 한다기보다 어금니로 씹듯 내뱉는 음절들이 J의 가슴을 뚫고 들어와 박혀 버렸다. 그들은 눈물을 흘리며 서로를 더듬고 핥았다. 기도 같은 섹스가 밤새 이어졌다.

그러나 그들은…… 역시 스무 살이었다. 적어도 J는 그랬다. Y가 훈련소를 퇴소하면서 어렵사리 포상전화를 걸 때 J는 단체채팅을 하느라 낯선 전화를 받지 않았고, Y가 경계근무를 서며 J의 가냘픈 목선을 떠올릴 때 J는 신상(新商) 가방을 주문하고 있었다. J의 이름을 부르며 Y가 11미터 상공에서 낙하훈련을 할 때도, 방독면을 쓰고 화생방 훈련을 할 때도 J는 Y를 생각하지 않았다. 대신 같은 과 복학생의 팔짱을 끼고 다니기 시작했다. 그러다 느닷없이 휴가를 나온다는 Y의 전화가 걸려 왔다. 전화를 끊으면서 J는 긴 한숨을 쉬었다. 입대 전 Y와 함께 보낸 시간이 까마득하기만 했다.

Y를 마중하러 역으로 나가면서 J는 화장을 하지 않았다. 머리에 컬을 감는 대신 왕관 모양의 큐빅이 촘촘하게 박힌 머리띠로 흘러내리는 앞머리를 고정했다. 헤어스타일을 신경 쓸 기분이 아니었다. 잠을 설친 탓에 눈

은 충혈이 되고, 두통도 심했다. 어떻게든 Y를 빨리 들여보내고 쉬고 싶다는 생각뿐이었다. 눈물을 흘리며 Y를 전송한 지 100일이 지나 있었다. 스무 살에게 100일이란 뭐든 할 수 있는 기회인 동시에 아무것도 할 수 없는 기간이었다. 앞머리를 컬로 감아 볼륨을 만드는 것과 머리띠로 쓰윽 밀어 올리고 마는 것만큼이나 극에서 극으로 이어질 수 있는 그런 시간.

평일 저녁 기차역에서 만난 두 사람은 갈 곳이 없었다. 군복을 입은 Y의 팔에 J가 마지못한 듯 팔짱을 끼기는 했지만 그다음 무엇을 해야 할지는 생각해 두지 않았다. 그들은 팔짱을 낀 채 역 광장에 한참을 서 있었다. 바삐 오가는 행인들 틈에서 팔짱을 낀 채 가만히 서 있다는 건 생각보다 고독했다.

그러다 그들은 내 앞까지 왔다. 팔짱을 낀 채 여기저기를 돌아다니다 J를 지름길로 바래다 준다며 Y가 어두운 골목으로 접어들자 오래된 아파트 단지로 통하는 샛길이 나왔다. 인적이 드문 곳을 발견하자 Y는 내심 기뻤다. 그리고 그중에서도 더 한적한 곳을 찾아낸 게 내가 있는 화단이었던 것이다. Y는 가로등의 불빛을 피해 J를 앉히고 주위에 인적이 있는지를 살폈다. 나는 스무 살 청년의 서툰 사랑을 지켜보며 미소를 머금었다. 그 순간 지나가던 자동차의 라이트에 왕관모양의 큐빅 머리띠가 반짝하고 빛이 났다. 동시에 J는 손잡이가 반쯤 흙 속에 묻힌 나를 발견했다. J는 나를 유심히 들여다봤다. 그리고는 흙을 털어 주며 내 손잡이를 잡았다. 나를 만지는 J는 사랑스러웠다. J를 보는 Y의 눈길이 애틋한 이유를 알 것 같았다.

Y가 J의 어깨를 살며시 감쌌다. J는 몸을 움츠렸다. 그들 사이에는 완강한 시차가 느껴졌다. Y의 손길로부터 몸을 빼는 J를 보고 있자니 몹시 안타까웠다. 성 여사의 집에서 느꼈던 아슬아슬함이 또 한 번 내 전신을 훑고 지나갔다.

"너, 다른 남자 생겼니?"

J는 시선을 피한 채 고개를 숙였다. Y의 눈에 힘이 잔뜩 들어갔다. 똑바로 말하라며 어금니로 씹듯 뱉어 내는 음절이 100일 전 그날처럼 J의 가슴에 박혔다. 순식간에 J의 눈에 쏟아질 듯 눈물이 고이는 것도 그때와 같았다. 달라진 게 있다면 Y의 눈에는 핏발과 함께 독기가 서렸

다는 것, 손톱이 살을 파고들도록 주먹을 그러쥐면서 누구를 향한 것인지 모를 욕을 했다는 것, 그리고 아무리 노력해도 그 주먹 안에 움켜쥘 수 있는 뭔가가 없다는 걸 깨달았다는 것.

"우린 시작부터 안 될 걸 알았잖아? 이미 나 있는 결론이야. 받아들여야 해, 오빠, 제발 조용히 군으로 돌아가 줘."

순간, Y의 눈에서 이글 불꽃이 타올랐다. J가 겁먹은 듯 목을 움츠리자 Y는 J를 와락 끌어안았다. J가 악, 소리를 내며 Y를 밀쳤다. Y는 더 세게 J를 끌어안았다. 들짐승처럼 콧김을 뿜으며 J의 몸을 옥죄는 Y의 충혈된 눈이 터질 것처럼 부풀어 올랐다. J는 그런 Y를 밀어내며 연신 비명을 질렀다. 악을 쓰듯 질러 대는 비명 소리가 길어지자 Y의 손에서 힘이 빠졌다. 그 틈에 J는 잽싸게 몸을 빼내며 뒤도 돌아보지 않고 사라져 갔다.

가늠할 수 없는 긴 시간이 지나가고 있었다. 땅만 쳐다보고 있는 Y가 화석이 될 만큼 긴 시간이 흘렀다. 화단을 가로지르는 바람이 아파트 외벽에 부딪히면서 주파수 높은 소리를 냈다. 그 소리에 길 고양이 한 마리가 검고 긴 꼬리를 펴며 느리게 걸어갔다. 바람과 고양이가 지나가고 난 뒤, Y는 화단 가장자리의 벽돌 하나를 집어 들었다. 자정이 넘은 시각, 촉 낮은 가로등 그늘 밑에 벽돌을 들고 퍼질러 앉은 군인 옆으로 또 한 마리의 고양이가 지나갔다. 바람이 다시 한 번 높은 소리를 내며 불고 난 뒤 세상은 적막에 휩싸였다. Y는 길게 심호흡을 했다.

나는 혼란스러웠다. Y가 무슨 생각을 하고 있는지 도통 알 수가 없었다. 벽돌 한 장을 주워 오고 나서 내 손잡이를 어루만지고 있는 Y의 행동은 무얼 의미하는 것일까? Y는 왼쪽 다리를 길게 뻗고 앉은 채 무릎 밑에 벽돌을 넣었다. 나는 질끈 눈을 감아 버렸다. 바람과 고양이가 지나간 직후 찾아온 정적 속에서 Y가 긴 숨을 내쉬는 순간, 일어나서는 안 될 일이 기어이 일어날 거라는 직감 때문이었다. 또 한 번 아슬아슬 겨우 붙잡고 있던 끈 하나가 기어이 툭 끊어지는 느낌이 왔다. 성 여사의 집에서 그랬던 것처럼.

Y는 내 손잡이를 움켜쥐었다. 내 손잡이를 꽉 그러쥐는 Y의 손바닥이 땀으로 흥건했다. 벽돌의 높이만큼 꺾인 무릎을 내려다보며 Y는 다시 한 번 심호흡을 했다.

나는 어리둥절했다. 무릎 아래 받쳐진 벽돌과 그 위에 얹혀 있는 무릎, 그리고 부들부들 떨며 내 손잡이를 움켜쥐고 머리 높이로 들어올린 Y의 손목을 번갈아 보면서 지금 무슨 일이 일어나려는지를 짐작해 보려 했지만 잘 되지 않았다. 뭔지는 모르지만 무섭고 끔찍한 일이 곧 벌어질 거라는 것만 확실했다. 그리고 결국 그렇게 되고 말았다.

Y는 기어이 왼쪽 다리를 질질 끌며 힘겹게 걸어갔다. 나를 들고 무릎을 내려칠 때 파열된 인대와 틀어진 무릎뼈를 갖고 평생을 살아야 할 것이다. 다이아몬드로 코팅된 삼중바닥의 내 몸체가 Y의 무릎을 내려칠 때 나는 비명을 질렀다. 소리를 내지 못하면서도 있는 힘껏 비명을 질렀다. 무릎을 아작 내고 의병제대를 한들 J 옆에 오래 머무를 수 없다는 걸 스무 살 청년은 모를 것이다. 사람의 마음이란 그렇게 붙잡는다 해서 잡히는 게 아니란 것도 Y는 모른다. Y가 붙잡아야 할 건 여자의 마음이 아니라 현실이라는 것도 모른다. 두껍고 둔탁한 내 몸체에 맞아 무릎 뼈가 으스러지는 아픔을 견디는 대가로 주어지는 건 장애인 특혜뿐이라는 걸 모르는 Y가 안타까워

나는 자꾸만 비명을 질렀다. 나를 다시 화단에 버려 둔 채 다리를 절며 가고 있는 Y를 에워싸고 바람이 불었다. 아파트 외벽에 부딪힌 바람이 귀신 소리를 냈다. 나는 그게 내 입에서 터져나온 비명인 것만 같았다.

기억, 셋

밤새 바람이 그치질 않더니 골목길 여기저기 살얼음이 얼었다. 가뜩이나 내리막에 살얼음이라니, 할멈은 자기도 모르게 혀를 찼다. 타이어가 닳아 그런지 리어카가 밀리는 느낌도 오늘따라 부쩍 더하다. 늦으면 늦을수록 재활용센터 김 사장 녀석의 거드름 피우는 꼴을 오래 봐야 할 텐데 낭패다. 파지에 물을 많이 부었느니 어쨌느니 트집을 잡으면서 찌든 담뱃내를 풍길 김 사장을 생각하니 할멈은 절로 한숨이 나온다. 이놈의 박복한 팔자…. 칵 하고 가래를 뱉으며 할멈이 중얼거렸다.

할멈은 비탈진 골목을 간신히 내려와 아파트 입구에 리어카를 댔다. 오래된 아파트 몇 동이 다닥다닥 붙어 있는 단지로 내려오는 동안 등허리에 땀이 찼다. 할멈은 경비의 눈을 피해 잽싸게 재활용 쓰레기 수거함 쪽으로 움직인다. 볼 때마다 허리를 굽실거리고 머리를 조아리지만, 인상을 찡그린 채 뒷짐을 지고 있는 경비들이 할멈에게 친절했던 적은 한 번도 없다. 마주치지 않는 게 상책이었다.

짙은 초록색의 쓰레기 수거함 옆으로 스티로폼과 빈 박스가 쌓여 있다. 어느 집에선가 손님을 치렀는지, 음식 쓰레기통은 뚜껑이 안 닫힐 정도로 넘치고 있고 과일 박스와 빈 술병이 유난히 많다. 할멈 얼굴에 잠시 화색이 돈다. 일진이 나쁘지 않은 날이다.

종이박스를 접어 옆구리에 끼고 자루에 빈병을 담아 모퉁이를 도는 순간, 할멈은 미간에 깊은 주름을 지으며 눈의 초점을 모았다. 화단 모서리에서 나를 발견한 것이다. 할멈은 내게서 눈을 떼지 않고 성큼성큼 걸어왔다. 한 걸음씩 내게로 가까워질 때마다 보풀이 일어난 바짓단에서 서걱서걱 소리가 났다. 할멈은 주위를 한 번 둘러보고는 쪼그리고 앉더니 조용히 내 손잡이를 잡았다. 할멈의 손은 따뜻했다. 눈가에 자잘한 주름을 만들면서 신기한 듯 나를 들여다보는 눈매도 온화했다.

해방이 되던 해에 태어나 열아홉이 되는 동안, 태어난 산골짜기를 떠나 본 적이 없던 할멈은 재 너머 마을로 시집을 갔더랬다. 산비탈에 불을 놓아 밭을 일구던 화전민 마을이었다. 신랑은 화전을 일구면서 숯도 굽고 염소도 치는 노총각이었다. 기골이 장대하고 얼굴이 검은 신랑은 장날이면 숯 지게를 지고 마을로 내려가 새끼 염소를 사왔다. 그 염소가 자라 뿔이 여물면 흐뭇한 얼굴이 되곤 했다. 서른이 다 되도록 장가를 들지 못할 만큼 가난했지만, 품성이 바르고 부지런해 할멈은 나이 든 신랑이 좋았다.

할멈은 아이가 갖고 싶었다. 신랑이 지게를 지고 나설 때 아장아장 따라나설 갓난쟁이만 하나 있다면 더 바랄 게 없었다. 보름달이 뜰 때, 할멈은 정성껏 몸을 닦고 정화수에 치성을 드린 뒤 신랑 곁에 누웠다. 하지만 며칠이 지나지 않아 달거리를 했다. 금실이 좋기로 근동에 소문이 난 그들 부부에게 끝내 아이는 점지되지 않았다.

아이가 없었어도 할멈의 반평생은 나쁘지 않았다. 그러나 중년이라 할 만한 나이가 되자 화전이 국유지가 되면서 나온 몇 푼의 보상금을 들고 대처로 내려와 살아야 했다. 도시 생활이란 부지런하다고 해서 살림이 나아지는 게 아니었다. 신랑이 날품을 팔러 집을 나서는 새벽이면 할멈은 푸성귀를 캐다가 장터에 앉아 팔았다. 가난했지만 먹는 입이 워낙 없어 굶지는 않았다. 하지만 굶지 않는다고 살아지는 건 아니었다.

칼바람이 불던 겨울 아침, 신랑은 자리에서 일어나지 않았다. 천성이 부지런하기로 소문난 신랑이 늦잠을 자는 건 처음 있는 일이었다. 하지만 그렇게 누운 자리에서 지금까지 신랑은 일어나지 않고 있다. 전날, 부두 하역작업을 하다가 다친 목에 파스 하나만 붙이고 잔 게 화근이었다. 그길로 누군가 병원으로 업고 갔어야 했지만 일용직 노무자의 목이 비정상적인 각도로 틀어졌던 걸 걱정해 주는 사람은 없었다. 신랑은 그때 다음 날 다시 나오지 말란 말을 듣지나 않을까 하는 걱정뿐이었다. 그래서 손에서 힘이 쭉 빠지면서 연장을 놓치는 모습을 숨겨야 했다. 몸에 중심을 잡기가 힘들고 정신이 자꾸 아득해지는 것도 숨기지 않을 수 없었다. 이제 곧 해가 넘어가는데 온일을 해놓고 반일 삯만 받을 수는 없었기에 여기저기 경련이 일어나도 한 시간을 더 버티다가 집으로 왔다. 그로부터 이십 년이 다 되도록 신랑은 반신불수인 채 누워 있고, 늙은 할멈은 이제 채소장사 대신 파지를 주우러 다닌다.

할멈은 신기한 듯 내 몸의 여기저기를 살폈다. 뒷면의 알루미늄은 흉하게 벗겨져 있고 손잡이와 바닥이 흙범벅인 내 몰골이 부끄러워 나는 몸을 움츠렸다. 할멈은 내 마음을 눈치 채기라도 한 듯 파지 사이에 나를 잽싸게 끼워 넣었다. 내 무게가 힘에 부쳤던지 팔을 한 번 추어올리고는 빠른 걸음으로 아파트를 빠져나와 입구에 세워놓은 리어카를 향해 갔다. 주위를 한 번 살피더니 리어카 한쪽에 나를 살며시 내려놓았다.

리어카에 실려 온 나는 볕이 들지 않는 쪽방 구석 진 곳에 놓였다. 냉기가 싸하게 퍼져 있는 집 안은 바깥보다 크게 따뜻하지도 않았다. 게다가 집 안을 가득 채운 악취를 견디기도 힘들었다. 아마도 여기저기 들떠서 곰팡이가 피어 있는 벽지, 문 한 짝이 떨어져 나간 채 불청객처럼 방 한 구석을 차지하고 있는 싱크대, 그리고 그 위에 얹혀 뚜껑을 비스듬히 열고 있는 냄비와 그 속의 알 수 없는 내용물로부터 뿜어져 나오는 냄새일 것이다. 할멈은 나를 알 수 없는 내용물이 담긴 냄비 옆에 놓았다. 열악한 위생 상태에 가뜩이나 주눅이 들어 있는데 싸구려 양은 소재의 냄비 옆이 내 자리라니. 나는 경악을 금치 못했다. 그런데 다음 순간, 나는 정신이 혼미해질 만큼 놀라운 광경을 목도하고 말았다. 싱크대 반대편 유난히 어둠이 짙은 바닥에 놓여 있던 이불 보따리가 꿈틀하고 움직인 것이다. 할멈은 머리와 얼굴에 칭칭 동여매고 있던 목도리를 풀며 이불 보따리 쪽으로 다가갔다.

"영감, 오늘따라 바람이 매섭네요. 이놈의 겨울은 갈수록 더 길어지니 원……."

할멈은 이불 보따리를 들추고 그 속에 누워 있는 신랑을 일으켜 벽에 기대 앉혔다. 영감이 되어 버린 신랑은 쿨럭쿨럭 기침을 했다. 할멈은 영감의 어깨까지 이불을 끌어올려 다독여 주고는 좁은 방 안을 무릎걸음으로 움직여 싱크대 쪽으로 다가왔다. 끙 소리를 내며 심하게 부어오른 무릎관절을 펴더니 부스럭거리며 뭔가를 꺼냈다. 라면이다. 할멈은 옆에 놓인 양은 냄비의 뚜껑을 젖히고 물을 부었다. 들여다보니 냄비 속에는 건더기만 건져 먹고 남은 라면 국물이 벌겋게 담겨 있었다. 거기에 또 물을 붓고 끓기를 기다렸다가 라면을 또 욱여넣는 할멈을 보자 욕지기가 올라왔다. 라면이 끓어오르자 할멈은 팔을 뻗어 비닐봉지에 담긴 밥 덩어리를 꺼냈다. 아마도 무료급식소에서 배식을 받아 반은 먹고 반은 담아온 밥일 것이다. 할멈은 냄비 속의 뜨거운 라면에 얼음이 서걱거리는 밥을 말아 영감에게로 가져갔다. 설거지를 언제 했는지 미심쩍은 냄비 속에서 밥과 라면이 엉켰다. 나는 눈앞에서 일어나고 있는 광경을 고스란히 지켜볼 수밖에 없었다. 더러운 싱크대에 놓인 채 악취와 냉기를 견뎌 가며 노부부의 비참한 식사를 지켜보고 있어야 한다는 건 참기 힘든 일이었다.

빠르게 해가 졌다. 낮이라 해서 볕이 드는 방은 아니었지만 해가 지자 순식간에 어둠이 몰려들었다. 할멈은 건더기를 건져 먹고 남은 국물이 든 냄비를 또 내 옆에 놓는다. 할 수만 있다면 더러운 냄비로부터 멀찍이 떨어져 있고 싶지만 나는 움직일 수가 없다. 영혼을 가진 무생물이라는 게 그토록 원망스러웠던 적은 없었다. 어디로든 도망가서 다시는 돌아오고 싶지 않은 쪽방에서 나는 그렇게 밤을 나야 했다.

유난히 추운 겨울밤이었다. 제대로 몸을 움직일 수 없는 영감은 겨우 고개를 돌려 옆에 누운 할멈을 바라보았다. 백태가 낀 눈가로 굵은 눈물이 흘렀다. 땟국에 전 베개를 적시는 눈물을 닦지도 못하고 영감은 하염없이 울었다. 소리를 내지 않으려고 해도 자꾸만 코가 막히는 바람에 훌쩍거리는 소리가 났다. 할멈은 깊은 잠에 빠진 듯 미동도 없다. 영감은 할멈이 화전 일구던 시절의 꿈이라도 꾸며 꿈길이라도 행복했으면 싶었다. 마음 같아서는 성긴 머리카락을 쓰다듬으며 단잠을 재우고 싶지만 영감이 할 수 있는 일이라고는 울음소리를 참아 가며 잠든 할멈을 보고 있는 것뿐이었다. 할멈은 몸을 돌려 모로 눕는다. 영감에게 등을 대고 누운 할멈의 눈에서도 주르르 눈물이 흘렀다. 영감이 알지 못하게 할멈은 숨을 참았다. 숨을 참느라 찡그린 눈가로 쉴 새 없이 눈물이 흘렀다. 보고 있는 내 마음도 몹시 아팠다. 어쩌면 저렇게도 고단한 삶이 있는 걸까. 나도 밤새 노부부를 따라 울었다.

길고 추운 밤이 지나 아침이 와도 방 안은 크게 밝아지지 않았다. 바깥과 다르지 않은 한기도 그대로였다.

나는 냉기에 몸이 자꾸 오그라드는 것만 같았다. 삼중으로 처리된 두꺼운 바닥 위에 다이아몬드 코팅까지 입혀진 나도 참기 힘든 추위를 저 노부부는 어떻게 견뎠을까 싶어 아침을 맞는 마음이 또 한 번 애잔해진다.

할멈은 부스럭거리며 굼뜨게 몸을 일으킨다. 어제보다 더 부어오른 무릎은 아예 펴지지도 않는지 심하게 다리를 전다. 할멈은 다리를 질질 끌듯 두어 걸음을 걸어와 싱크대 앞에 선다. 또 저놈의 양은 냄비와 그 속에 남아 있는 라면 국물에 밥을 말아 아침을 먹을 모양이다. 나는 괜히 언짢아져서 딴청을 부린다. 내가 태어난 뒤스부르크의 강물과 보훔의 온화한 공기를 애써 떠올린다. 성 여사가 요리를 하던 뒷모습과 J의 큐빅 머리띠도 떠올린다. 이 지옥 같은 곳에 내가 있다는 사실을 잊기 위해 내 모든 기억을 뒤져 행복했던 순간만 생각한다. 그런데 아무리 생각해 봐도 행복했던 기억은 없다. 내가 만난 사람들은 한결같이 불행했다. 나는 왜 행복한 사람들이 사는 집에 한 번도 있어 보지 못한 건지, 왈칵 슬퍼진다.

어, 이게 웬일일까? 내가 옛 기억에 빠져 있는 사이

할멈이 양은 냄비의 국물을 쏟아붓고는 설거지를 시작한다. 너덜거리는 수세미에 세제를 묻혀 정성껏 냄비를 닦고 숟가락과 종지를 씻는다. 그리고 내 손잡이를 잡고 살며시 물에 담근다. 한기가 온몸을 타고 흘렀지만 오랜만에 몸이 씻긴다는 생각에 참을 만했다. 할멈의 손이 떨리고 있었다. 찬물에 손이 곱아 그럴 것이다. 곱은 손으로 나를 물에 헹구는 할멈의 손등에 눈물 한 방울이 똑 떨어진다. 팔뚝으로 눈물을 훔치며 할멈은 가만히 내 손잡이를 잡는다. 곱은 손 안에 가득한 서러움이 전해져 온다.

할멈은 설거지를 끝내자 싱크대를 닦았다. 진즉에 문한 짝이 떨어져나갔지만 그래도 명색이 싱크대라면 가족의 식사를 준비하는 곳인데, 할멈이 닦는다고 싱크대가 제 구실을 할 것 같지는 않다. 하긴 가족이라야 이불보따리나 다름없는 영감과 할멈이 전부지만. 할멈은 정성스럽게 싱크대를 닦고 몇 개 안 되는 그릇을 정리했다. 그러더니 갑자기 옷을 벗기 시작했다. 늘어지고 볼품없는 젖가슴과 앙상한 갈비뼈가 피부 밖으로 튀어나올 듯 드러났다. 이 당황스러운 상황을 어찌해야 할지

몰라 나는 가만히 숨을 죽였다.

할멈은 추위도 잊었는지 표정 없는 얼굴로 싱크대 개수대에서 머리를 감기 시작했다. 따로 욕실이 없는 방에서 몸을 씻기 위해서는 이 방법밖에 없었다. 그래도 그렇지 이 엄동설한에, 저러다 감기라도 들면 영감은 누가 돌본단 말인가? 나는 마음을 졸이며 할멈이 몸을 씻는 모습을 지켜보고 있었다. 머리를 감고 얼굴을 씻고 수건으로 몸을 닦는 모습이 마치 의식을 진행하는 듯 차분했다. 흡사 무녀가 내림굿을 준비하듯 경건하기까지 했다.

몸을 다 씻은 할멈은 냄비에 물을 끓였다. 물이 김을 내며 끓기 시작하자 수건을 적셨다. 그리고는 다시 다리를 끌며 몇 걸음을 움직여 영감에게로 갔다. 이불을 들추고 영감의 옷을 벗기자 할멈과 다르지 않은 앙상한 맨몸이 드러났다. 쿨럭 밭은 기침을 하면서도 추워하는 기색이 없기는 영감도 마찬가지였다. 할멈은 영감의 몸을 정성스럽게 닦았다. 물이 식자 다리를 끌며 싱크대로 와 몇 번이고 물을 다시 데워 가며 영감의 몸을 닦는 동안 아무도 입을 열지 않았다.

말없이 몸을 씻은 노부부는 새 옷으로 갈아입었다. 말

이 좋아 새 옷이지 헌옷 수거함에서 주워 온 것을 빨아 입었을 뿐이다. 집 안 정리와 목욕을 마친 할멈은 냄비에 쌀을 씻어 안쳤다. 반투명의 플라스틱 통에 담긴 쌀을 냄비에 붓자 통은 비어 버렸다. 마지막 쌀이었던 모양이다. 그래도 나는 안심이 되었다. 사람 사는 집이라 하기에는 여전히 누추하지만, 그래도 무료급식소에서 비닐봉지에 몰래 담아 온 밥이 아니라는 것만으로 마음이 놓였다. 할멈은 어디선가 계란 두 알을 꺼내 와서 내 바닥에 대고 깨트렸다. 계란 프라이를 하려는 모양이다. 그 순간 나는 기름을 두르지 않고 요리를 해도 타지 않는 재질이라는 게 그렇게 다행스러울 수가 없었다. 괜히 비싼 다이아몬드로 내 몸을 코팅한 게 아니었다. 할멈과 영감에게 계란 프라이 하나라도 제대로 만들어 줄 수 있어 나는 진심으로 기뻤다.

따뜻한 계란 프라이를 담은 내 옆에 두 그릇의 밥이 놓이자 노부부는 식사를 했다. 고소한 밥 냄새가 방 안 가득 퍼졌다. 벽에 기대 앉혀 놓은 영감의 몸이 조금씩 비스듬해지는 줄도 모르고 할멈은 영감에게 밥을 떠먹였다. 영감은 천천히 아래턱을 움직이며 밥을 씹었다.

말 한 마디 오가지 않는 식사가 오래 이어졌다. 영감이 밥을 씹는 동안 할멈도 한 숟가락씩 밥을 입에 넣고 오물거렸다. 그러면서 할멈은 내 손잡이를 가만히 잡고 물끄러미 나를 들여다봤다. 무슨 생각을 하는지 알 수 없는 얼굴이었다. 나는 괜히 조마조마한 마음이 되어 또 한 번 숨을 죽였다.

지루하다 할 만한 긴 식사가 끝나자 할멈은 다시 설거지를 했다. 내 손잡이를 잡고 물에 헹구는 할멈의 손등에 또 눈물이 떨어졌다. 조마조마하던 마음 한쪽이 쿵하고 무너지면서 불길한 예감이 나를 감쌌다. 할멈은 조금 전에 씻어 놓은 양은 냄비 옆에 나를 놓았다. 처음 이 방에 왔을 때의 바로 그 자리다. 일을 마친 할멈은 방 안을 한 번 휘 둘러본다. 그리고는 이불 더미 속의 영감과 눈이 마주친다. 영감은 보일 듯 말 듯 고개를 끄덕인다. 그와 동시에 할멈의 볼에 눈물 한 방울이 타고 내린다. 다시 싱크대로 돌아선 할멈은 가스 밸브를 연다. 그리고 가스가 흘러나오고 있는 호스를 가위로 자른다. 나는 나도 모르게 눈을 질끈 감았다. 일어나서는 안 될 일이 또 일어나고 말았다.

그 이후의 내 기억은 온전하지 않다. 가스 호스를 절단한 방 안에서 노부부가 죽은 채로 발견되었다는 뉴스를 본 기억이 어렴풋이 떠오르긴 하지만 언제 어디서였는지는 확실하지 않다. 노부부의 쪽방에 있던 나를 누가 데려갔는지도 모르겠다.

오래전 뒤스부르크의 광산으로 왔던 한국의 광부들은 그들이 어둡고 축축한 갱도에서 견디는 시간만큼 가족이 행복하길 바랐다. 하지만 내 손잡이를 잡으며 온화한 미소를 짓던 사람들 중에 행복한 사람은 아무도 없었다. 내 지난한 여정은 늘 일어나서는 안 될 일의 연속일 뿐이었다.

생각에 빠져 있는 사이 누군가 살며시 내 손잡이를 잡는다. 손길이 따뜻하다. 이제 또 어디로 가게 되는 걸까? 나는 가만히 눈을 감는다.

황혼의 엘레지

이래서 안동댁은 김 노인을 박대할 수가 없다. 반신불수에다 말도 어눌하고 무엇보다 냄새가 심하지만 공원에 나오는 노인네들 중에 제일 인심이 후하다. 조금만 비위를 맞춰 주면 박카스 두 병 값에 오천 원을 얹어 주고도 거스름돈을 마다할 때가 종종 있다.

오늘따라 김 노인은 유난히 침을 많이 흘린다. 틀어진 한쪽 입귀로 비어져 나온 침에 앞섶이 다 젖었다. 계란이라도 감아쥔 듯 안으로 말린 손가락과 꺾여 있는 팔, 뻣뻣한 한쪽 다리를 끌면서 숲속 벤치까지 따라오는 동안 흘린 침이 한 대접은 되지 싶다. 안동댁은 아무리 채근을 해도 자꾸만 뒤처지는 김 노인을 부축해 겨우 벤치에 앉힌다. 공원 입구에서 여기로 오는 사이 해는 벌써 중천에 가 있다. 마음이 급해진다. 이러다 오늘 본전치기도 못 하고 가는 건 아닌지 모르겠다.

안동댁은 무성하게 잎을 매달고 있는 동백나무 아래

벤치에 앉자마자 급하게 박카스를 한 병 따서 김 노인에게 건넨다. 김 노인은 몰아쉬던 숨이 채 진정되기도 전에 박카스를 받아 들고는 입술에 댄다. 그러나 입안으로 들어가는 것보다 턱을 타고 흘러내리는 게 더 많다. 안동댁은 손수건을 꺼내 김 노인의 입귀와 목덜미를 닦아 주고는 바투 다가앉는다. 시큼한 노인 냄새가 확 끼쳐와 비위가 상하지만 안동댁은 슬쩍 김 노인의 허벅지에 손부터 얹어 놓는다.

"영감님, 나도 목이 마른데 이거 하나 마셔도 되겠죠?"

김 노인은 고개를 끄덕이며 손짓으로 어서 마시라는 시늉을 한다. 이래서 안동댁은 김 노인을 박대할 수가 없다. 반신불수에다 말도 어눌하고 무엇보다 냄새가 심하지만 공원에 나오는 노인네들 중에 제일 인심이 후하다. 조금만 비위를 맞춰 주면 박카스 두 병 값에 오천 원을 얹어 주고도 거스름돈을 마다할 때가 종종 있다. 시내에서 식당을 한다는 아들 내외가 그래도 용돈은 궁하지 않게 주는 모양이다.

숨이 진정되자 김 노인은 성한 한쪽 손으로 안동댁의

손부터 찾아 쥔다. 이리저리 손을 주물러 대다 슬쩍 젖가슴을 누른다. 안동댁은 짐짓 고개를 외로 꼬며 김 노인 곁으로 조금 더 다가앉는다. 김 노인은 턱을 덜덜 떨어 가며 또 침을 흘려댄다. 안동댁이 손수건으로 침을 닦아 주는 사이 김 노인은 살집 많은 안동댁의 허벅지와 엉덩이로 손을 옮겨 다니더니 기어이 다리 사이로 손을 헤집어 넣는다. 안동댁은 아잉아잉 괜한 콧소리를 내며 다리를 살짝 벌려 주고는 손을 뻗어 김 노인의 사타구니를 한 번 건드려 준다. 물론 안동댁이 아니라 양귀비라 하더라도 미동이나마 할 리 없지만, 그래도 몇천 원이라도 더 받으려면 노인의 팬티 속에도 두어 번 손을 넣어 줘야 한다. 자주 갈아입지 않는 노인의 팬티 속을 더듬고 나면 온몸에 젓국 비린내 같은 게 밸 것 같아 비위가 여간 상하는 게 아니지만 태주를 생각하면 이깟 냄새쯤 못 참을 일도 아니다.

태주는 오늘 아침 유난히 반찬 투정을 했다.

"할머니, 내일 동물원 견학 갈 때 도시락도 이런 반찬 싸 줄 거야?"

"그럼 뭘 싸 주랴?

안동댁은 김치와 멸치볶음, 김 몇 장이 전부인 밥상 앞에 앉아 김 한 장을 태주 밥 위에 올려놓으며 말했다. 태주는 볼을 부풀리며 슬그머니 숟가락을 놓았다. 그러고는 쌍꺼풀이 크고 속눈썹이 긴 눈만 내리깐 채 더 이상 말이 없었다. 저놈의 고집. 도대체 내일 도시락에 뭘 싸 줘야 저 녀석이 군말이 없으려나. 아마도 녀석이 하고 싶었던 건 반찬 투정이 아니라 저를 두고 집을 나가 버린 제 어미에 대한 원망이었을 것이다.

오늘 아침 일을 떠올리며 안동댁은 김 노인의 팬티 속으로 슬슬 손을 옮겨 갔다. 김 노인은 입귀를 더 틀어가며 '어 어' 소리를 낸다. 생각 같아서는 당장이라도 김 노인을 밀쳐 버리고 옷부터 추스르고 싶지만 안동댁은 살비듬이 일어 꺼끌거리는 노인의 속살에 되도록 오래 손을 파묻고 있다. 태주가 좋아하는 햄치즈스틱 몇 개라도 녀석의 견학 가방에 넣어 주려면 이 수밖에 없다.

김 노인을 숲속 벤치에서 일으켜 다시 공원 입구 쪽 정자에 앉히기까지는 꽤 시간이 걸렸다. 망할 놈의 영감탱이, 겨우 만 원짜리 한 장에 이천 원 더 줄 거면서 한 시간이나 사람을 잡아 놓다니. 김 노인을 부축하는 안동댁의 궂김이 유난히 거칠다. 그런 안동댁을 보는 김 노인은 애써 웃음을 지어 보인다. 웃는 건지 우는 건지 분간이 안 가는 얼굴은 한쪽으로 더 틀어진다.

안동댁이 정자를 빠져나와 주위를 둘러보자 멀찍이 연못 앞에 황 대령이 서 있다. 대학생으로 보이는 젊은 남녀 서넛과 유모차를 밀고 가는 새댁, 그리고 개를 안고 가는 꼬맹이 사이로 황 대령의 모습은 언뜻언뜻 보였다 사라진다. 고개를 숙이고 연못 속 잉어들을 보고 있는 황 대령은 언제나처럼 기품이 있다. 정수리가 좀 벗어지긴 했어도 앞머리를 옆으로 둘러 이마를 반쯤 가린 품이 젊었을 때는 여자깨나 울렸을 상이다. 공원에 나오는 노인네들 사이에서 황 대령으로 불리고 있는 것은 육군장교 출신이라 그렇다고도 하고 국방부 고위직을 지내서라고도 하는데, 워낙 말수가 적은 양반이라 속을 짐작할 수가 없다. 안동댁이 박카스를 들이대며 작업을 걸어도 변변한 대꾸 한마디 없는 양반. 그래도 손목 한 번 잡는 일 없이 박카스 한 병을 마시고 오천 원을 군말 없이 줄 때도 많다. 저런 남자의 아내는 어떤 여자일까. 있기는 한 걸까.

안동댁이 복잡한 심정으로 황 대령을 보고 있는 사이 시간이 꽤 지났다. 시간이 가는 줄도 모르고 황 대령을 보고 있었다는 사실에 화들짝 놀란 안동댁 마음이 또 급해진다. 내일 태주 녀석 도시락 쌀 준비를 하려면 들어가는 길에 마트에도 들러야 하는데 벌써 볕이 잦아드는 것이, 곧 노인네들이 하나둘 몸을 일으켜 집으로 돌아갈 시각이다. 노인네들이 공원을 떠나기 전에 박카스 한 병이라도 더 팔아야 하는데……. 잔뜩 부은 볼을 하고 눈만 내리깔고 있던 태주를 떠올리며 안동댁은 주위를 둘러본다.

공원에서 시간을 보내는 노인치고 바쁜 인간이야 없겠지만, 그래도 그렇지 어쩌면 저렇게 느려 터졌을까. 다들 송장이 다 됐는지 안동댁이 박카스 가방을 부러 이 손 저 손 바꿔 들며 공원을 몇 번 가로질러도 특별히 눈길을 주는 노인네가 없다. 슬쩍 다가가 팔짱을 끼며 박카스를 내밀어도 거들떠보지 않기가 일쑤다. 아니면 어디 한적한 곳에 자리를 잡고 앉아 박카스를 내밀면서 오천 원이라고 하면 꽁지 빠지게 달아나기 바쁜 치들도 있다. 도대체 자식에게 하루 오천 원도 못 받아 내는 노인네들이 뭐하러 공원까지 오는지. 요새는 통 새로운 얼굴이 나타나는 일도 없으니 이 장사도 이제 끝물인 모양이다.

저쪽 분수대 옆 벤치에 서 교장이 앉아 있는 게 보인다. 파킨슨병인가 뭔가로 몸 한쪽이 자꾸 기운다는 서 교장은 볼 때마다 사람이 반쯤 땅으로 꺼져 가는 듯하다. 말이 많아 여간 사람을 피곤하게 하는 게 아니면서도 딱 박카스 한 병 값 오천 원만 치르는 위인. 하지만 오늘은 저 노인이라도 상대해야 할 판이다. 안동댁은 서 교장을 향해 걸음을 재게 놀리면서도 황 대령이 혹여 자기를 보아 주지 않을까 뒤를 돌아보았다.

서 교장은 안동댁이 다가가자 헤벌쭉 웃는다. 하지만 근육이 굳어 그런지 어째 입을 벌리고 노려보는 것만 같다. 그래도 너스레는 여전하다. 나이 육십에도 뒤태는 처녀 같다느니, 영감이 살아 있었다면 포실한 엉덩짝이 영감 손에 무사했겠냐느니. 그러면서 슬쩍 안동댁의 엉덩이를 쓸어내린다. 안동댁은 마지못해 서 교장 옆으로 다가앉으며 박카스 한 병을 내민다. 서 교장은 박카스는 거들떠보지도 않고 안동댁의 젖가슴을 헤집고 들어

오기 바쁘다. 하지만 만진다기보다는 꼬집는 것에 가깝던 서 교장의 아귀힘이 예전 같지가 않다. 수전증도 더하다. 그 사이 파킨슨인가 뭔가 하는 병이 더 깊어진 모양이다. 서 교장도 예전 같지 않다는 게 느껴졌는지 이내 손에서 힘을 빼고는 오천 원짜리 한 장을 말없이 건넨다. 그러고는 따지 않은 박카스 병을 윗도리 주머니에 찔러 넣고 일어나 버린다. 그 말 많던 노인네가 부쩍 말수가 잦아들더니 체수도 한결 줄어 보인다. 저만큼 어기적거리며 걸어가는 뒷모습이 헐렁하다. 한쪽 어깨가 심하게 내려가 있어 그런지 걷는 게 아니라 삽질이라도 하는 듯하다. 흡사 자기 무덤이라도 파고 있는 것 같다.

서 교장이 공원을 막 빠져나가자마자 웬 여자 하나가 양산을 받쳐 들고 들어선다. 젊다고 할 만한 연배는 분명 아닌데도 나이가 들었다고 하기에는 뭔가 미심쩍은, 요란하고 당차 보이는 여자였다. 안동댁은 눈 모서리를 세우며 여자를 훑어본다. 흰머리가 적잖이 섞여 있으면서도 퍼머를 하지 않은 단발머리에 무릎이 껑충 드러나는 까만 원피스를 입었다. 가까이로 다가왔을 때쯤엔 이마며 미간 사이 골 깊은 주름도 뚜렷이 보였지만 커다란 귀걸이가 달랑거리는 통에 나이를 가늠하기가 힘들다. 그리고 무엇보다 새빨간 루주. 분가루가 툴툴 날릴 듯이 부연 얼굴과 피라도 배어난 듯 빨간 입술. 안동댁뿐만 아니라 공원에 나온 노인 몇이 엉덩이를 요란하게 흔들며 걸어가는 여자에게서 눈을 떼지 못한다.

안동댁은 흘끔 여자를 곁눈질로 한 번 더 보고는 공원을 나선다. 연못가에는 아직도 황 대령이 잉어를 보고 있겠지만 태주 녀석 도시락 싸 줄 만큼의 벌이는 되었으니 그만 집으로 가는 게 나을 것이다. 뉘엿이 지고 있는 해에 아직 열기가 감돈다.

햄과 맛살을 큼직하게 썰어 넣고 싼 김밥을 도시락에 담으면서 안동댁은 절로 한숨이 나온다. 원 플러스 원으로 사 온 과자 두 봉지에 오렌지주스 한 캔, 햄치즈스틱 세 개. 어제 한나절 공원에서 박카스를 판 돈으로 사 온 것들이다. 할미가 무슨 짓을 해서 이것들을 장만했는지 안다면, 태주가 저걸 먹고 살로 갈까. 노란 유치원 가방에 도시락과 간식거리를 넣고 마지막으로 물티슈를 챙겨 넣으며 안동댁은 또 길게 한숨을 쉬었다. 손등에 거뭇하게 검버섯까지 앉아 가는 마당에 박카스를 들고 노인네들을 지분거리는 짓을 도대체 언제까지 해야 하는지, 안동댁은 체머리 흔들듯 머리를 절레절레 흔들었다.

태주어미는 어디서 굶어 죽지나 않았는지 모르겠다. 죽지 않았다면 어느 구석에 처박혀 뭘 해서 먹고사는지. 저나 나나 워낙 가진 것도 배운 것도 없으니 기껏 어딘가에서 술이나 따르고 있으려나. 박카스를 파는 시어미에 술 따르는 며느리라. 이럴 때 안동댁은 기어이 알콜병동에서 사망소식을 전해 온 아들이 그저 원망스럽다. 어미는 제가 질러 놓고 간 새끼 키워 볼 거라고 육십이 넘은 나이에 박카스를 들고 뭇 사내들의 손을 타고 있건만, 젊은 것들은 새끼 버리고 나가 알콜 중독에 행방불명이라니. 생각이 여기에 미치자 안동댁은 얼른 집을 나설 채비를 한다. 이럴 때마다 주문처럼 입으로 뇌는 말이 있다. 어쨌든 산 사람은 살아야지.

안동댁은 비탈길을 한참이나 내려와 마을버스 정류장 앞 약국으로 들어간다. 박카스 한 박스를 건네받고 꼬깃한 천 원짜리 네 장과 오백 원짜리 동전을 내민다. 젊은 약사는 눈을 내리깐 채 말없이 돈을 받아 간다. 오천 원이나 만 원권을 냈더라면 거스름돈은 분명 던지듯 내줬을 것이다. 의식적으로 안동댁과 눈을 맞추지 않으려는 약사가 지금 무슨 생각을 하고 있는지 안동댁은 안다. 한 마디로 더럽다는 것이다. 처음부터 약사가 안동댁에게 데면데면하게 굴었던 건 아니다. 사나흘 간격으로 약국에 들러 열 병들이 박카스 한 박스를 사 가서 어디에 쓰는지 누군가로부터 들은 것이 분명하다.

박카스를 들고 나가는 안동댁의 뒤통수에 대고 수군거리는 소리가 들린다. 처방전을 접수하고 차례를 기다리던 동네 여자 목소리다.

"나이가 들면 나잇값을 해야지, 왜 저러고 다니는지 모르겠다니까. 때 되면 곱게 죽을 일이지…… 저래 가지고 몇 푼 번다고…… 내 참 동네 챙피해서."

젊은 약사가 이내 말을 받는다.

"아이고, 말도 마세요. 멀쩡한 노인네가 병원에서 비아그라 처방 받아 오는 일이 하루 걸러 한 번은 꼭 있는걸요. 젊은 사람들이야 젊었으니 그럴 수도 있지만, 옛날 같았으면 고려장 치를 할아버지들이 왜 그렇게까지 하는지 정말 모르겠다니까요."

"글쎄, 어떤 할머니는 박카스에 수면제를 타서 먹여 놓고는 노인네가 잠든 사이 주머니를 털어 가기도 한대. 낼모레면 산속에 드러누울 인간들이 재주도 좋아."

그러고는 둘이서 무어라 귓속말을 속삭이더니 동시에 하하호호 웃어 댄다. 안동댁은 짐짓 못 들은 척 약국을 나온다. 하지만 속으로는 독한 한 마디를 뱉아 낸다. 네 새끼는 안 처먹고도 크더냐.

공원 입구로 들어서자마자 흠벅진 웃음소리가 들려온다. 정자 쪽이다. 한더위는 물러났지만 그래도 여름 끝이라 볕을 피해 노인들은 정자로 모인다. 그런데 오늘따라 노인들이 죄다 정자로 몰려든 것 같다. 어디 좋은 구경이라도 난 건가? 안동댁은 박카스 열 병이 고스란히 들어 있는 가방을 추스르며 정자 쪽으로 걸음을 옮겼다. 걸으면서 정자 옆 분수대와 연못 쪽을 두리번거린다. 황 대령은 쉽게 눈에 띄지 않는다. 오늘 안 나오려나. 안동댁의 어깨에서 힘이 쏙 빠져나간다.

그때였다. 노인들의 왁자한 웃음을 뚫고, 가늘고 높은 소리 하나가 도드라진다.

"그러니까, 옵파들이 저를 사랑해 주셔야 한다니까용.

이거 한 잔 팔아서 화장품값도 안 나온단 말이에용. 오래오래 저를 보고 싶거들랑 저한테도 쌍화차 한 잔 사주시구요."

이어지는 간드러지는 웃음소리. 아, 그년이구나. 안동댁은 소리의 주인공이 어제 그 여자라는 걸 직감적으로 알았다. 쥐라도 잡아먹은 듯 새빨간 주둥이를 하고 나타나는 품이 예사롭지 않더니만 결국 저것이 노인네들을 홀리고 있나 보다.

안동댁은 정자 옆 분수대 벤치에 앉아 노인들의 무리를 바라본다. 죄다 걸음도 제대로 못 걸을 중병을 달고 있는 주제들이 여자 하나를 둘러싸고 저렇게들 난리를 치다니. 안동댁은 한심하고 분한 마음에 화닥화닥 손부채질을 해 댄다. 하긴 한심하기로 따지자면 저들보다 안동댁 자신이 더하다. 서너 해 전에 환갑이 지나갔지만 환갑잔치는 고사하고 죽은 아들과 집 나간 며느리에 물정 모르는 손자 치다꺼리까지. 기분 같아서는 박카스 가방을 패대기쳐 버리고 집에 가 낮잠이나 퍼질러 자고 싶지만 할미 하나 믿고 말갛게 웃는 태주를 떠올리면 누구라도 붙잡고 늘어져 박카스 병을 들이대야 한다.

때마침 서 교장이 정자 아래로 발을 내려딛는다. 화장실에라도 가려는가. 안동댁은 얼른 서 교장에게로 달려가 팔짱을 낀다. 등 뒤에서는 여자의 자지러지는 듯한 웃음과 둔탁하게 찻잔 부딪히는 소리가 들려 왔다. 저년이 노인들에게 아양을 떨며 팔고 있는 게 박카스는 아닌 모양이다. 그나마 다행이다.

화장실 앞을 지키고 섰다가 서 교장이 나오기가 무섭게 안동댁은 서 교장을 낚아채 숲속 벤치로 간다. 서 교장은 어물어물 딸려 올 때와는 달리 벤치에 앉자마자 안동댁의 허리춤으로 손부터 쑥 집어넣는다. 갈퀴같이 거친 손으로 마른 살을 훑자 쓰린 느낌에 팍 짜증이 난다. 안동댁 인상이 저절로 찌푸려지지만 대놓고 인상을 쓸 수는 없는 일. 슬그머니 서 교장의 손을 빼내고 대신 서 교장의 바지 속을 안동댁이 몇 번 더듬는다. 이쯤에서 박카스를 내밀면 꽁무니를 빼지는 않을 것이다. 그래봤자 기껏 한 병 값이겠지만.

"서 교장님은 언제 봐도 참 멋져요. 교장선생님으로 퇴임을 하셨다더니 그래서 이렇게 점잖으신 거예요?"

안동댁은 마음에도 없는 소리를 해 대며 서 교장의 비

위를 맞춘다. 혹여 안동댁도 박카스 한 병 마시라는 말이 떨어질까 기대하며 서교장의 기색을 살펴보지만 망할 영감, 석고물을 부어 놓은 듯 얼굴은 굳어 있기만 하다. 부러 가슴을 서교장의 팔꿈치에 붙이고 목이 마르다며 콧소리를 내 봐도 마찬가지다. 이러다간 오늘 공치는 건 아닌지. 안동댁은 서 교장이 꺼내 주는 오천 원짜리 지폐를 획 집어 들고 혼자 숲을 빠져나온다. 서 교장이야 바쁠 일이 없으니 혼자 천천히 올라오면 될 일이다.

아, 그런데 숲으로 난 몇 개의 계단을 밟아 올라오자마자 안동댁은 눈이 뒤집히고 말았다. 기어이 그년은 정자 한 쪽에서 김 노인 무릎에 앉아 수작을 걸고 있는 게 아닌가. 인심 후한 김 노인은 분명 저 여우 같은 년에게 가진 돈을 다 털어 줄 것이고, 그렇게 되면 안동댁은 당장 오늘 장 볼 돈도 없다. 고개를 푹 수그리고 견학버스를 타는 태주에게 저녁에는 삼겹살을 구워 주마고 했는데 삼겹살은커녕 멸치 한 마리도 못 살 지경이 되고 말았다. 저 뜯어 죽여도 시원찮을 년은 도대체 어디서 온 걸까.

볕이 독하게 내려쬐고 있다. 살을 익힐 듯 더운 기가 퍼져 있어 밖으로 나갈 엄두가 나질 않는다. 여름도 끝물이라 웬만하면 바람결에 찬기가 돌 법도 한데 요샌 계절도 없는 모양이다. 안동댁이 유치원 버스를 타는 태주에게 손을 흔들어 주고 나서 녀석이 벗어 둔 옷가지들을 빨고 방을 훔치는 사이 열한 시가 다 됐다. 서둘러 공원으로 나가지 않으면 오전 장사는 글렀지 싶다.

아무리 박카스에 자양강장 성분이 있느니 어쩌니 하면서 노인네들에게 들이대 봤자 오후 볕이 잦아들 즈음이면 선뜻 지갑을 열기보다는 집으로 돌아갈 마음이 더 생기는 모양들이었다. 하루해를 보내기 힘들어 공원에 나오는 노인들인 만큼 아직도 해를 넘길 일이 막막한 아침나절이 그래도 장사가 낫다. 아마도 간밤 잘 자고 나온 노인들이 안동댁을 옆에 앉히고 이리저리 주무르고 싶은 생각도 오전이 좀 더한 듯했다.

안동댁은 서둘러 머리부터 감았다. 약국에서 사천 원 주고 사 온 염색약이 싸구려라 그런지 염색한 지 열흘이 넘도록 머리를 헹굴 때마다 물에 잿빛이 비친다. 젊은 한때, 안동댁의 남편은 삼단 같은 안동댁의 머리 타래에 얼굴을 묻고 잠들곤 했었다. 배운 것도 물려받은 것도 없이 소처럼 일만 하던 남자. 평생 제 땅 한 평 가져 보지 못하고 남의 땅에 거름 내고 비료를 뿌려 대던 사람이지만, 안동댁을 생각하는 마음만은 한결같았다. 특히나 숱 많은 안동댁의 머리를 매만지는 손길은 언제나 애틋했다. 하지만 태주아비가 젖을 뗄 무렵, 느닷없이 토사곽란을 만나 약 한 첩 변변히 못 써 보고 저 세상으로 가 버린 야속한 사람이 바로 남편이었다. 젊은 시절 안동댁은 남편의 그 손길이 그리워 울기도 참 많이 울었었지만 이제 그런 때가 있기는 있었는가 싶을 만큼 오래전 일이 되고 말았다.

안동댁은 젖은 머리를 털며 거울 앞에 앉는다. 거울이래야 현관을 열고 들어오자마자 보이는 싱크대 옆에 밥상 하나를 펴서, 미용실 홍보용으로 나온 접이식 거울 하나 달랑 올려놓은 것이지만 안동댁은 아침마다 그 앞에서 몸단장을 한다. 스킨도 바르고 로션도 바르고, 광대뼈 쪽으로 퍼져 있는 기미 위에 파운데이션도 바른다. 나도 오늘은 빨간 루주나 한번 바르고 나가 볼까. 안동댁은 속엣말을 중얼거려 본다. 순간 기분이 팍 상한다.

어제 본 여우 같은 년의 시뻘건 루주가 머릿속 어딘가 들러붙어 있었던 모양이다. 안동댁은 괜히 거칠게 머리를 빗고는 급히 나갈 채비를 했다.

공원으로 들어서자마자 안동댁은 황 대령부터 찾는다. 어제 하루 황 대령을 못 본 것이다. 태주아비가 알콜병동으로 들어가고 태주어미가 집을 나간 뒤, 공원에서 박카스를 팔기 시작한 지 일 년이 지나는 동안 황 대령을 못 보고 넘어간 날은 며칠 되지 않는다. 황 대령을 볼 때마다 안동댁은 가슴 속에 서늘한 바람이 분다. 휼렁 바람이 일고 나면 가슴 밑바닥에 따뜻하고 맑은 물이 찰랑거리는가 싶기도 하다. 공원에 나와 항상 쓸쓸한 옆얼굴을 보이며 잉어만 바라보고 있는 것도 그렇고 누군가 말을 붙이면 짧게 대답하고는 입을 닫아 버리는 것도 공원의 다른 노인네와는 다르다. 겨우 일흔이나 넘겼을까. 꼿꼿한 등허리 하며 또랑또랑한 목소리 하며, 볼 때마다 안동댁의 가슴은 바람이 불었다가 잔물결이 일었다가 때로는 속이 폭삭 내려앉곤 한다.

언젠가 서 교장이 황 대령에게 왜 그렇게 잉어만 보느냐고 물었던 적이 있다. 그때도 황 대령은 대답 대신 허

허 소리를 내며 웃기만 했다. 웃고 있는 얼굴이 그렇게 쓸쓸해 보일 수가 없었다. 그날 온종일 쫓아다니며 말을 거는 서 교장에게 황 대령이 지나가는 말처럼 던졌던 한 마디를 안동댁은 잊을 수가 없다.

“저 잉어들은 늘 주둥이를 붙이고 함께 다니는데, 인간은 왜 가까이 있으면 서로 등을 돌리기에 바쁜 걸까요.”

황 대령이 공원에서 마주치는 노인들에게 한 말 중에 제일 길게 한 말이었다. 그 이후, 노인들은 아마도 황 대령이 늘그막에 황혼이혼을 당한 모양이라며 혀들을 찼다. 황혼이혼을 당했건 사기를 당했건, 하염없이 잉어만 바라보고 있는 황 대령이 그렇게 골똘히 생각하는 게 뭔지 안동댁은 그저 궁금하기만 했다.

안동댁이 박카스 가방을 내려놓으며 정자 마루턱에 걸터앉자 제법 서늘한 기를 머금은 바람이 불어온다. 사방이 트인 정자에서는 언제나 그 바람을 맞을 수가 있다. 정자 뒤편으로 아담하게 조성된 숲까지 있어 바람은 늘 촉촉했다. 안동댁은 선선해진 바람자락이 대견해 숲 쪽으로 고개를 돌린다. 그런데 순간, 안동댁은 또 한 번 눈이 뒤집히고 만다. 숲속 벤치 한쪽에 보온병과 커피잔이 놓여 있고, 그 옆에 앉아 남자를 부둥켜안고 있는 건 어제 그년이다. 아, 그리고 그년이 지금 가늘디가는 팔로 목을 끌어안고 있는 남자는 다름 아닌 황 대령이 아닌가. 한참만에야 사태가 어찌 돌아가고 있는지를 깨달은 안동댁은 벌떡 일어났다. 꼭지가 돌 것 같았다. 심장이 몸 밖으로 튀어 나갈 것처럼 벌렁거렸다. 내 이년을 그냥 두지 않으리. 하지만 어쩔 것인가. 안동댁은 씩씩대며 정자 턱에 도로 주저앉아 숨만 몰아쉴 뿐이었다. 커피를 판답시고 황 대령을 차고앉은 여자보다, 안동댁의 작업에는 미동도 않던 황 대령이 그년의 수작에는 넘어갔다는 사실이 괘씸해서 견딜 수가 없었다. 망할 놈의 영감탱이, 죽을 때까지 잉어 주둥이나 쳐다보면서 왜 황혼이혼을 당했는지나 생각하라지. 안동댁은 숲에서 들려오는 여자의 간드러진 웃음소리를 들으면서 한참이나 거친 숨을 몰아쉬며 앉아 있었다.

공원 입구 쪽에서 왁자한 아이들 소리가 들린다. 유치원에서 견학이라도 온 모양이다. 제비 같은 입을 모아 노래를 불러가며 걸어오는 아이들. 안동댁은 또 태주 생각을 한다. 그래, 박카스나 팔면 되는 거지, 이 나이에 연정은 무슨……. 안동댁은 길게 한숨을 한 번 쉬고는 몸을 일으켰다. 그리고는 아까부터 분수대 옆 벤치에 앉아있던 김 노인을 향해 걸음을 옮겼다.

김 노인 옆에 바짝 다가앉으며 안동댁은 부러 새침한 표정을 짓는다. 언젠가 김 노인이 어눌한 소리로 했던 말이 기억났기 때문이다. 자네는 새침을 떠는 게 귀여워. 그때 안동댁은 귀엽다는 말에 피식 웃고 말았지만, 이미 여든을 넘긴 김 노인의 눈에 예순의 안동댁이 귀여워 보이지 말란 법도 없다. 안동댁은 김 노인을 새삼스러운 눈으로 바라본다. 손수건을 꺼내 게거품이 허옇게 말라붙은 입가를 닦아주며 영감님 오래 사세요, 그렇게 정감 어린 말도 해 준다. 그런데 오늘따라 김 노인이 영 이상하다. 평소 같으면 벌써 가슴팍을 헤집고도 남았을 텐데 손 한 번 잡으려 들지 않는다. 사람이 갑자기 변하면 죽는다는데 이제 이 인간도 죽을 때가 된 건가. 안동댁은 찬찬히 김 노인의 안색을 살폈다. 그러고 보니 아까부터 흘금흘금 숲 쪽을 자꾸 쳐다본다. 뭔가를 기다리는 사람처럼 초조한 기색도 있다. 풍을 맞아 반신불수가 되고 나서 소일거리가 없어 공원에 나와 시간을 보내는 주제에 기다릴 일이 뭐가 있다고. 안동댁은 무심결에 김 노인이 쳐다보는 숲 쪽으로 따라 고개를 돌렸다. 그때서야 안동댁의 뒤통수를 치며 달려드는 느낌이 있었다. 이 영감이 지금 저년 차례를 기다리는구나. 안동댁은 머리끝까지 화가 치밀었다. 굴러온 돌이 박힌 돌을 빼내? 정말이지 꼭지가 핵 돈다. 생각 같아서는 당장이라도 저년에게 달려들어 머리끄덩이를 잡고 늘어지고 싶지만 우선은 김 노인에게 박카스부터 팔아야 한다. 안동댁은 겨우 숨을 진정시키고 김 노인의 옆구리에 찰싹 달라붙는다. 김 노인의 귀에다 바람을 후후 불어 가며 목이 마르다며 콧소리도 내 본다. 그러나 김 노인은 숲 쪽을 한 번 더 흘끔거릴 뿐 안동댁의 아양에 대꾸도 하지 않는다. 오늘따라 김 노인은 냄새가 더 심하다. 그래도 안동댁은 아예 김 노인의 바지 속에 손을 쑥 집어넣고 한 번 더 속삭였다.

"영감님, 나 지금 목말라요."

"오느…른 안…돼. 도…오니 업서."

안동댁은 순간 온몸에 힘이 쭉 빠졌다. 이젠 이 영감

탱이도 개털인 모양이다. 안동댁은 잽싸게 손을 빼고 박카스 가방을 챙긴다. 돈이 없으면 없다고 진작 말이나 해 줄 것이지. 김 노인을 벤치에 남겨 두고 일어서면서 안동댁은 흘깃 김 노인을 돌아본다. 김 노인은 또 한 번 숲 쪽을 흘금거리고 있다. 아, 그런데 꺾인 왼팔 밑에 드러나는 윗도리 주머니 속 꼬깃꼬깃 접힌 뭔가가 있다. 돈이다. 반으로 접힌 시퍼런 만 원짜리가 서너 장은 되지 싶다. 그러니까 이 영감탱이가 지금 돈이 없지도 않으면서 딴청을 부렸다는 말인가. 도대체 저 돈을 어디다 쓰려고……. 안동댁은 김 노인이 쳐다보고 있는 숲 쪽으로 고개를 돌렸다. 그리고 다음 순간 자신도 모르게 숲 쪽을 향해 뛰어가고 있었다.

안동댁은 다짜고짜 여자의 머리채부터 낚아챘다.

"이년이 어디 와서 개수작이야. 어디 나이 처먹은 년이 할 짓이 없어 노인들한테 주접을 떨어?"

머릿가죽이라도 벗겨 놓으려는 듯 안동댁은 여자의 머리채를 휘어잡고 흙바닥으로 나뒹굴었다. 여자도 만만치는 않았다.

"그러는 네년은 얼마나 요조숙녀라 노인들한테 씹을

들이대?"

여자가 안동댁의 멱살을 잡고 달려들었다. 안동댁은 여자의 '요조숙녀'라는 말에 그만 맥이 확 풀려 버린다. 순간적으로 맥이 풀리자 여자가 바투 그러쥐는 멱살에 캑캑 기침을 했다.

두 여자가 흙바닥을 뒹굴면서 악을 써 대는 사이 공원에 나와 있던 사람들이 주위를 에워싼다. 개를 끌고 산책을 나온 사람들과 젊은 남녀들, 그리고 걸음마를 시작한 아이를 데리고 나온 새댁……. 모두들 혀를 차며 싸움구경을 한다. 다 늙은 할머니들이 저게 무슨 추태람? 노인들도 삼각관계가 있는 모양이네. 거참 재밌다. 노인들도 거시기가 될까? 구경꾼들은 그렇게 말을 주고받으며 킥킥댄다. 아이를 데리고 나온 새댁은 얼른 자리를 뜬다. 교육상 못 보여 줄 꼴을 보여 줘 민망하다는 듯 몸놀림이 급하다. 싱겁게 끝나는 싸움이 아쉬운지 입맛을 다셔 가며 두 여자를 짯짯하게 훑어보는 치들도 있다. 그래도 살아 있으니 저런 사달이라도 나는 거야. 끝까지 팔짱을 풀지 않고 지켜보던 한 남자는 그렇게 말하며 쓸쓸하게 웃었다. 남자의 희끗한 머리를 쳐다보며 옆에 있던 나이 든 남자가 말했다.

"그러게. 아직은 안 죽었다는 말인 게지"

황 대령이 슬그머니 숲을 빠져나가고 구경꾼들도 궁시렁거리며 한둘씩 흩어지는 사이 여자는 뭐라고 한참 욕을 해댄다. 하도 심심해서 옵파들이랑 이야기나 좀 할까 하고 공원에 나왔더니 웬 걸레 같은 년이 별 지랄을 다 하네. 해로하던 남편은 먼저 갔지만 남부럽지 않은 아들이며 딸이며, 내가 너 같은 년하고 같은 줄 알아?

여자가 떠들어 대는 동안 안동댁은 넋이 나간 듯 바닥에 주저앉아만 있다. 한바탕 통곡이라도 하고 싶은데 금붕어처럼 입만 벙싯거릴 뿐 제대로 된 말은 한마디도 튀어나오질 않았다. 도통 나이를 알 수 없는 년의 새된 고함 소리만 귀에 쟁쟁할 뿐이다. 여자의 악다구니를 들으며 안동댁은 몇 번이고 가슴을 쥐어뜯었다. 누군들 이렇게 살고 싶어 사느냐며 다시 한 번 머리채를 잡아 흔들고 싶지만 돌덩이에 눌리기라도 한 듯 숨을 쉬기도 힘이 든다.

그때 갑자기 구급차의 사이렌 소리가 들려온다. 가뜩이나 머릿속이 사나운데 귓속으로 파고들듯 사이렌은 가까이로 다가왔다. 삐용삐용. 삐용삐용. 안동댁은 머릿속을 홀랑 헤집어 놓는 사이렌 소리에 끅끅 숨을 몰아쉬었다. 어느새인가 여자도 빠져나가고 숲속에는 안동댁 혼자 남았다. 벤치에 앉아 안동댁은 하늘을 올려다보았다. 서쪽으로 기울긴 했지만 지기에는 아직 먼 해가 지친 듯 하늘 한 쪽에 걸려 있었다.

쌀을 씻고 있는 안동댁의 손등 위로 눈물 한 방울이 뚝 떨어진다. 저녁밥을 안치면서 기어이 낮에 당한 설움이 터져 나온다. 싱크대로 돌아서 있는 안동댁 뒤에 앉아 말없이 텔레비전을 보고 있는 태주만 아니라면 땅을 쳐가며 통곡을 쏟아 내고 싶지만 안동댁은 목울대가 아프도록 꿀꺽 침을 넘기며 울음을 참아 낸다.

안동댁은 태주에게 저녁상을 차려 주기가 무섭게 집을 나선다. 박카스 가방을 공원에 그대로 두고 온 것이다. 이놈의 정신머리. 안동댁은 짜증 섞인 말과 함께 긴 한숨을 쉬어 본다. 누군가 집어 가기 전에 가방을 들고 와야 한다. 어쨌거나 박카스를 팔아야 태주 녀석을 먹이고 입힐 게 아닌가. 기초생활보장 대상자라며 동사무소에서 나오는 몇 푼의 돈으로는 두 식구 입에 풀칠이 어렵다. 식당 주방에 서서 설거지를 하다가 얻은 무릎 관절염 덕분에 오래 서 있기도 힘들고, 공사장에서 시멘트를 나르는 일도 나이가 많아지면서 불러 주지 않는다. 공원에 나오는 노인들의 손을 타면서 한 병에 오천 원을 받고 박카스를 파는 것 외엔 방법이 없는데 박카스 가방까지 잃어버리면 당장 어쩌란 말인가.

공원까지 터덜터덜 걸어가는 안동댁의 머릿속으로 오만 가지의 생각이 지나간다. 태주아비 하나 달랑 남겨두고 가버린 남편이라는 작자는 이제 얼굴도 떠오르지 않는다. 삼단 같다며 머리채를 오래 쓸어 주던 손길만 어렴풋하다.

그 사이 세상이 많이 달라졌다. 요새 젊은 것들은 이혼도 밥 먹듯이 하고 재혼도 잘만 하는 모양이던데, 안동댁이 젊었을 때만 해도 과부가 팔자를 고치는 일은 두고두고 남사스러운 일이었다. 그러고 보면, 청상에 과부가 된 안동댁에게 은근히 중매를 서던 사람들도 없지는 않았는데 그때는 재가하라는 말이 왜 그리 서럽던지. 그때만 해도, 늘그막에 병든 노인네들을 지분거리며 박카스나 팔게 될 줄을 꿈에라도 알았던가 말이다. 공원을 향해 가는 걸음이 돌을 매단 듯 무겁기만 하다.

저만큼 공원 입구가 보인다. 해 질 녘의 공원은 한적하다 못해 음산하기까지 하다. 조그맣게 조성된 숲 아래 정자 한 채와 자그마한 분수대, 잉어를 풀어 놓은 연못, 그리고 여기저기 놓인 나무벤치가 전부인 공원. 누군가에게는 아담한 산책길이 되어 주거나 또 누군가에게는 집안 식구들 눈치를 피해 소일을 하는 장소가 되어 주는 데가 바로 이 공원이지만 안동댁은 당장이라도 여기를 떠나고 싶다. 그러나 여기를 떠나 할 수 있는 일이 없으니 가슴이 미어지더라도 박카스 가방을 찾아야 한다.

안동댁은 천천히 공원입구를 지나 분수대 쪽으로 걸어갔다. 낮에 두고 온 박카스 가방은 분수대 옆 벤치에 있을 것이다. 누군가 집어 가지 않았어야 할 텐데. 그런데 이 공원이 원래 이렇게 컸던가. 안동댁은 공원에만 오면 마음이 급하다. 분수대까지 가는 길이 끝이 없을 것만 같다.

가방이 없다. 벤치 아래와 정자까지 몇 번이나 왔다 갔다 하며 살펴봐도 없다. 염병할! 겨우 박카스 몇 병 들어있는 꾀죄죄한 가방을 어느 놈이 집어 간 건지. 안동댁은 다리에 힘이 쫙 풀린다. 이놈의 세상, 되는 일이 없다. 안동댁은 한숨을 포옥 내쉬며 저만큼 지고 있는 해를 이고 분수대 옆 벤치에 털썩 주저앉는다.

그때였다. 또각또각 발자국 소리가 나더니 안동댁 앞에 와서 멎는다. 엄지발톱에 파란 매니큐어를 칠하고 까만 샌들을 신은 발이 안동댁 바로 앞에 서 있다. 안동댁은 귀찮은 듯 천천히 고개를 들었다. 안동댁의 앉은키로는 한참이나 올려다봐야 할 만큼 바투 앞으로 다가온 얼굴은 다름 아닌 그 여자였다. 이년이 뭘 하느라 아직도 안 갔지? 안동댁은 순간적으로 또 머리 꼭대기까지 열이 뻗친다.

"아이고, 성님. 성질 부리지 말아요. 성님이나 나나 팔자가 더러워 이러고 사는데 우리끼리 쥐어뜯어 봐야 뭐 나올 거 있겠어요?"

안동댁은 겨우 진정한 마음이 또 격해져 숨부터 거칠어진다. 그렇지만 저년 말이 맞긴 맞다. 우리끼리 쥐어짜 봐야 똥밖에 더 나오겠냐 싶다. 여자는 슬그머니 안동댁 옆에 엉덩이를 걸치더니 느닷없이 뭔가를 안동댁의 무릎에 올려놓는다. 박카스 가방이다. 안동댁은 다시 만난 박카스 가방이 반갑기도 하고, 이걸 지키고 앉아 안동댁을 기다리고 있었던 여자가 고맙기도 하고, 그런 자신의 처지가 서럽기도 해 기어이 눈물 한 방울이 주루룩 흐른다.

여자가 이번에는 담배 한 대를 건네준다. 얼떨결에 안동댁이 담배를 받아 들자 여자는 부스럭거리며 한 개비를 더 꺼내 제 입에 문다. 그리고는 안동댁에게 라이터를 들이댄다. 안동댁은 또 얼떨결에 담배를 입에 물었고 불이 닿자 후루룩 빨아보기까지 한다. 생전 처음 피워 보는 담배다. 안동댁은 제법 깊이 연기를 빨아들였다가 뱉어 본다. 나쁘지 않다. 하지만 곧바로 기침이 튀어나오면서 속이 따갑다. 콜록대며 기침을 하자 여자가 안동댁의 등을 토닥여 준다.

"아이고, 우리 성님. 여태 담배도 안 배우고 어떻게 살았을까나."

우리 성님? 안동댁은 어이가 없었다. 다짜고짜 우리 성님이라니? 낮에 그렇게 머리채를 휘어잡히고도 그런 소리가 나오는지. 안동댁은 천천히 담배 한 모금을 더 빨아 본다. 기침을 하지 않으려고 조심스럽게 연기를 뱉어 내며 여자에게 물었다.

"임자는 왜 여기까지 흘러왔어?"

"글쎄요. 늙도 젊도 않은 이 나이가 문제죠"

여자는 후욱 담배연기를 길게 내뿜더니 조근조근 이야기를 시작했다. 기지촌을 전전하며 살던 어린 시절, 아버지가 누군지는 엄마도 모르고 자신도 몰랐기에 누구나 다 아버지가 없는 줄 알고 자랐다고 했다. 처녀티가 나면서부터는 전국의 다방을 전전했고 두어 번 남자와 살림도 차렸지만 만나는 놈들마다 날건달이었던 모양이다. 그러는 동안 몹쓸 병에 걸려 서른도 되기 전에 자궁을 통째로 들어내야 했었다고. 지금 생각하면 젊은 시절, 뱃속에 한 번이라도 씨앗을 품어 봤더라면 팔자가 좀 달라졌으려나 싶기도 하지만 그런 생각이 다 무슨 소용이냐며 담배연기를 길게 내뱉는다. 담배연기에 눈이 시려 안동댁은 또 뜬금없는 말을 꺼낸다.

"건 그렇고, 아까 사이렌 소리는 뭐야? 어디 불이라도 났던감?"

"아니고 성님, 모르셨어요? 아까 김 노인이 119에 실려 갔잖아요. 심근경색이라나 뭐라나. 가뜩이나 뒤틀린 몸에 심장까지 그 모양이니 그 영감 살아서 다시 보기는 힘들겠죠, 아마?"

안동댁의 눈에 또 눈물 한 방울이 맺히고 만다. 영감도 참, 이렇게 허망하게 가려고 그렇게 기를 쓰고 주물러 댔던가 싶다. 안동댁은 눈물을 감추며 짐짓 호방한 목소리로 여자에게 물었다.

"아까는 남부럽잖은 자식 있다고 자랑이 늘어지더만, 임자네 아들딸은 하늘에서 떨어지던 모양이지?"

여자는 마지막 한 모금의 담배를 맛나게 빨고 나서 꽁초를 바닥에 버리며 말했다. 그러다 재산이 좀 있는 홀아비와 정식으로 식 올리고 살림을 차려 한 몇 년 사는가 싶게 살기도 했었다고. 하지만 여자보다 스무 살이나 많던 영감이 노환으로 죽자 나가 있던 자식들이 모여들어 집도 쪼개고 땅도 쪼개서 다 가져가고 자기는 다시 빈털터리가 되었다는 이야기였다. 배운 게 도둑질이라 수중에 있던 돈 다 털고 대출 내서 시골 읍에 조그만 찻집을 차렸다가 빚만 오지게 떠안고, 이제는 보온병에 커피를 타서 들고 다니는 신세가 되었다는 넋두리가 한참이나 이어졌다.

안동댁은 이야기를 듣는 내내 거칠게 숨을 몰아쉬었다. 평생 수절하고 지낸 년이나 평생 가랑이를 벌리고 산 년이나 늘그막에 이게 무슨 꼴인지. 저년 말대로 늙지도 젊지도 않은 이 나이에 도대체 왜 이러고 살아야 하는지, 가슴이 먹먹해 견딜 수가 없었다.

안동댁은 필터까지 타 들어간 담배를 바닥에 집어던지며 하늘을 올려다보았다. 거기 주황으로 곱게 물든 노을이 번지고 있다. 안동댁과 여자는 나란히 앉아 하염없이 하늘을 본다. 공원의 하늘은 노을이 절정을 이룬 황혼녘이다.

마왕

쇼핑을 할 때 나는 또 다른 내가 될 수 있다. 아니 나를 잊을 수 있다. 마네킹의 길고 곧은 몸체에 걸쳐져 있던 옷을 내 몸으로 옮겨 올 때면, 세상에서 가장 밝은 빛 하나가 내 머리 위를 비추는 것 같다. 그 순간만큼은 세상 사람들이 다 쳐다봐 주었으면 싶다. 하지만 내 머리를 비추던 밝은 빛은 다른 신상이 나오는 순간 곧 그리로 옮겨 간다. 다시 조명을 받기 위해서는 돌려막기를 하기 위해 만든 시한부 카드를 또 긁는 수밖에 없다.

마네킹이 입고 있는 신상(新商)을 향해 비춰지는 조명은 은은하고도 강하다. 눈이 부시도록 밝은 건 아니면서도 결코 눈을 뗄 수 없게 만드는 두 개의 간접조명에는 거역할 수 없는 힘이 있다. 새로 등극한 여왕 같은 신상 옆에 도열한 다른 옷들을 무색하게 만드는 힘. 그래서 할로겐 조명의 은은함 아래 디스플레이 되어 있는 옷을 입으면 그 힘이 내게로 옮겨와 여왕이 될 것만 같다.

그새 또 신상이 들어왔는지 옷이 걸린 위치가 바뀌었다. 불과 사흘 전까지 마네킹에게 입혀 놓았던 회색 정장이 매대로 밀려나 있다. 볼륨 있는 마네킹 대신 평범

한 옷걸이에 함부로 걸려 있는 회색 정장을 보는 순간, 나도 모르게 외면을 한다. 더 이상 조명을 받지 못하는 옷이란 덧대고 이어 붙인 천 조각에 지나지 않는다. 저런 천 조각이라면 내 옷장 안에 넘치도록 걸려 있다. 새로운 신상이 나타남과 동시에 매대로 밀려나고 곧이어 아울렛 매장에서 세일 상품이 되고 말 옷을 입는다는 건, 그러니까 옷장 속에 아무렇게나 처박혀 새 옷이 들어올 때마다 한 칸씩 뒤로 물러서는 것과 다르지 않다.

"오늘 오전에 내려온 신상이에요. 봄바람이 불 때쯤 딱 어울리는 색이죠"

판매 여직원은 마네킹이 입고 있는 오렌지색 플레어스커트 허리 뒤로 옷핀을 꽂으며 말했다. 삼월이라고는 하지만 연일 영하로 내려가는 날씨에 입기는 얇아 보인다. 걸음을 내디딜 때마다 넓게 퍼진 끝단은 나풀거릴 것이고 저렇게 얇아서야 바람이 심한 날은 아예 뒤집히기도 할 것이다. 게다가 오렌지라니.

뒤집힐 듯 나풀거리는 오렌지색 스커트는 어딜 가도 눈에 띌 수밖에 없을 것이다. 나는 누군가 나를 보는 게 싫다. 오래 시선을 받고 있다는 느낌이 들면 화가 난다.

특히 버스나 지하철을 기다릴 때 흘끔거리는 시선으로 나를 살피는 건 참을 수가 없다. 그럴 땐 뭐랄까, 기분이 참 거지같다.

오렌지 플레어스커트는 아무래도 내 스타일이 아니다. 나는 검정 바탕에 흰 꽃이 자잘하게 프린트된 원피스를 골라 든다.

"봄바람이 부는 날 입기에는 좀 칙칙하지 않을까요?"

판매 여직원은 또 봄바람 얘기다. 마치 봄바람이 불 때 입는 옷이 따로 있기라도 한 것 같다. 그래서일 것이다. 돌려막기를 위해 만든 카드를 또 긁어 버린 건. 정말이지 처음부터 옷을 사려고 매장을 둘러본 건 아니었다. 그냥 오전 내내 네일숍이 한가했고 오늘따라 유난히 짜증을 부려 대는 매니저를 피해 머리를 식히러 나왔을 뿐이다.

백화점 일층에 내가 일하는 네일숍이 있다. 백화점에 들어서자마자 마주치게 되는 쥬얼리 매장 옆으로 화장품 매대들이 늘어서 있는 끄트머리, 90도를 꺾어 다시 가방 매장과 구두 매장이 이어지는 코너에 유리로 벽을 세운 네일숍. 네 평 남짓한 숍에는 매니저와 나 외에도 두 명의 네일아티스트가 더 있다. 네일숍은 백화점 개장 시간에 맞춰 문을 열고 폐장 시간이면 'CLOSE' 명패를 유리문에 걸어 둔다. 대부분의 고객은 쇼핑 나온 여자들이지만 간혹은 쇼핑을 하지 않더라도 손톱을 다듬기 위해 일부러 들르는 단골도 있다. 그래서 좁은 숍은 늘 여자들로 붐빈다. 하지만 오늘 같은 월요일 오전, 매니저를 포함한 네 명의 아티스트만 네일숍을 서성거리기도 한다.

그가 입원하지 않았다면 지금쯤 네일아트 재료가 담긴 박스들을 들고 들어올 시각이다. 네일숍을 돌며 주문한 재료를 배달하는 게 직업인 그는 월요일 오전에 온다. 그가 검은 모자를 눌러 쓴 채 물건을 나를 때면 나는 슬그머니 유리문을 빠져나간다. 눈치 빠른 매니저에게 우리 관계를 들키고 싶지 않아 쓸데없이 매장들을 기웃거린다. 대체로 네일숍을 드나드는 사람들이 한눈에 들어오는 일층의 매장들만 돌지만 가끔은 나도 모르게 이층의 숙녀복 코너로 올라가는 에스컬레이터를 타기도 한다. 그때마다 비스듬히 기울어진 채 저절로 올라가고 있는 에스컬레이터가 하늘로부터 내려온 두레박이면 얼마나 좋을까 하고 생각한다. 카드 연체도, 돌려막기도,

대부업체도 없는 천상의 세계로 나를 데려가 주는.

그는 언제쯤 의식을 되찾고 집으로 돌아올 수 있을까. 한집에 산 지 이 년이 지나도록 그가 내 곁에 없을 수도 있다는 생각은 해 보지 않았다. 그래서일까. 그가 오지 않는 월요일의 오전은 시간이 더 더디게 간다.

판매 여직원에게 카드를 건네는 아주 잠깐 동안 머릿속에서 커다란 소용돌이가 일어난다. 지금이라도 쇼핑백에서 검은 원피스를 꺼내 주며 미안하다고, 다음에 다시 오겠다고만 하면 더 이상 아무 일도 일어나지 않을 것이다. 판매 여직원은 속으로 쌍욕을 해 대겠지만 입꼬리를 올려붙이며 그러라고 할 것이다. 또 집으로 들이닥쳐 현관문을 발로 차거나 동네가 떠나가도록 고함을 지르는 대부업자들보다는 여직원이 속으로 내뱉는 욕을 참는 쪽을 선택해야 한다. 하지만 봄바람이…… 분다. 다들 오렌지나 인디언핑크, 화이트옐로우 따위의 색감으로 억지스럽게 화사함을 뽑아내고 있을 때 둔중한 검은 색은 뭐랄까, 봄빛이 안으로부터 배어나는 것 같다. 거기에 치맛단과 소매 끝의 자잘한 흰 꽃은 호들갑스럽지 않은 화려함이 있다.

망설이고 있는 동안 어느샌가 카드는 단말기에서 지지직 소리를 내며 승인을 받아 낸다. 판매 여직원은 아까보다 더 올라간 입꼬리를 하고 서명보드를 내민다. 처참한 순간이다. 지금이라도 늦지 않았다. 승인을 취소하고 환불을 하면 된다. 앞으로 닥치게 될 일을 생각하면 그 수밖에 없다. 하지만 나는 기어이 서명을 한다. 검은 바탕에 자잘한 흰 꽃무늬의 귀족적 느낌을 도저히 포기할 수가 없다. 옷이라는 게 늘 포기하기 힘든 것이기는 하지만 심플하면서도 거역할 수 없는 위력이 느껴지는 이런 옷을 찾아내기란 쉬운 일이 아니다.

쇼핑백을 들고 나오는 등 뒤에서 판매 여직원이 예쁘게 입으라며 인사를 한다. 분명 깊숙이 허리도 숙였을 것이다. 순간, 감당할 수 없는 허탈감에 휘청 다리가 후들거린다. 어쩌면 봄에 입기엔 칙칙하다는 판매직원의 말이 맞는지도 모른다.

그새 나를 기다리는 고객이 있다. 선글라스를 헤어밴드처럼 앞머리 위에 올려놓고 큐빅이 세팅된 집게 핀으로 머리를 올린 여자다. 골프웨어를 입고 있지만 왠지 클래식한 정장을 입고 있는 것 같은 느낌을 준다. 내가 목례를 하며 자리에 앉자 여자는 눈을 내리깔며 의자를 내 쪽으로 당겨 앉는다. 언뜻 샤넬파이브의 향수 냄새가 끼쳐 온다. 지금 저 여자의 머리 위에 올려져 있는 크리스찬디올 선글라스부터 신고 있는 마놀로블라닉 구두까지, 몸에 붙어 있는 것들을 합하면 얼마나 될까.

소독된 거즈로 테이블을 닦고 타올을 깐다. 핑거볼에 따뜻한 물을 채우고 손 소독을 시작한다. 한 시간 전에도, 그보다 더 한 시간 전에도 반복한 일이지만 매번 바뀌는 고객은 아티스트가 자기만을 위해 정성을 다해 주길 원한다. 소독액을 더 바르라는 둥, 소독이 너무 빨리 끝났다는 둥 처음부터 시비를 걸어 오면 핸드페인팅 단계에서는 아예 환불을 하라며 큰소리를 내는 경우도 있다. 눈을 맞추지 않는 여자들을 특히 조심해야 한다.

여자의 손은 의외로 험하다. 손등이 두텁고 탄력이 없다. 한때 무거운 물건을 오래 드는 일을 했는지 손바닥에 미미하게 굳은살 자국이 남아 있다. 엄지손톱 밑에 황변현상까지 있는 걸로 봐서 혈액순환도 문제가 있어 보인다. 럭셔리한 분위기와 달리 험한 손을 보면서 나는 잠시 난감해진다. 재빨리 솜에 리무버를 묻혀 여자의 손톱에 얹는다. 주황빛 펄로 마무리된 기존의 팔리쉬는 여자에게 어울리지 않는다. 블랙이나 블루를 권해야겠다. 따뜻하고 밝은 톤의 색감이 잘 어울리는 손톱을 갖기가 얼마나 어려운지 잘 모르는 것 같다.

나는 파일을 꺼내 여자의 손톱 끝을 문지르기 시작한다. 워낙 모양이 잘 잡혀 있어 표면은 정리할 것도 없다. 버퍼를 45도쯤 기울여 큐티클을 밀어내고 오일을 발라 마사지를 하는 동안 여자는 내리깐 눈을 한 번도 들지 않는다.

여자는 기어이 진한 분홍을 고른다. 베이스블랙이나 스카이블루를 권했지만 여자는 좀 더 화사한 칼라로 해주세요, 그렇게 잘라 말했다. 마사지를 마무리하면서 한 번 더 블루퍼플을 권해 봤지만 여자의 대답은 마찬가지였다. 더는 토를 달지 못하고 천천히 베이스코트를 발랐다. 가당찮게 화사한 톤의 에나멜을 여자의 손톱에 바르면서 황갈색으로 변한 손톱 밑을 들여다본다. 순환되지 않는 속을 감추기 위해서라도 더욱 화려함이 필요한 걸까. 나는 표면이 마른 여자의 손톱에 두 번째 팔리쉬를 한다. 아까보다 더 진해진 분홍색의 화사함을 견딜 수가 없다.

마지막으로 탑코트를 바르려는 순간, 테이블 위에 올려둔 여자의 스마트폰이 울린다. 번호를 확인한 여자의 표정이 확 굳어진다. 한 번도 나를 보지 않던 눈 속에 다급함이 어린다. 기껏 칠해 놓은 칼라를 뭉개며 여자는 스마트폰을 터치한다. 연결음이 들리자마자 대뜸 거친 남자의 목소리가 전화기 밖으로 새어나온다.

"쌍년, 또 어디서 무슨 짓을 하는 거야? 개 같은 년 그새를 못 참고 또 딴놈이랑 뒹굴고 있지!"

여자의 얼굴이 파랗게 질린다. 에나멜이 다 마르지도 않았는데 여자는 의자에서 튕기듯 일어난다. 매니저가 재빠르게 락커에서 가방을 꺼내준다. 내일 다시 나오셔서 마무리를 하시죠. 여자는 내 말을 들었는지 못 들었는지 바람을 일으키며 나가 버린다. 여자의 가방은 샤넬이다. 아까 여자의 머리에서 발끝까지 몸에 붙어 있는 것들을 합한 돈에 삼백만 원을 더 추가해야겠다.

여자를 끝으로 퇴근을 한다. 그새 백화점 폐장시간이 된 것이다. 네일숍을 나서는 걸음이 무거워 저절로 보폭

이 좁아진다. 함께 나온 매니저가 손을 흔들며 백화점의 회전문을 빠져나가는 걸 보고서는 기어이 로비 한쪽에 놓인 소파에 주저앉는다. 폐장을 알리는 안내방송이 나오자 백화점 안은 갑자기 분주해진다. 눈앞으로 휙휙 지나다니는 사람들을 보고 있자니 현기증이 일어난다.

8인 입원실에 누운 그도 현기증을 느낄 수 있을까. 온몸이 찐빵처럼 부풀어 올라 제대로 눕지도 못하면서 아프냐고 물으면 아니라고 대답하는 사람. 그냥 좀 어지러울 뿐이야, 어눌하게 말하며 웃음을 지어 보일 때마다 오래 운 것처럼 일그러져 버리던 얼굴. 이젠 그나마의 의식도 놓친 채 혼수상태가 이어지고 있다. 그는 언제쯤 긴 잠에서 깨어나 집으로 돌아올까. 두세 명씩 짝을 지어 백화점의 회전문을 나서는 사람들의 뒷모습을 보며 나는 하염없이 앉아 있었다.

벌써 몇 시간째 백화점의 로고가 선명한 쇼핑백을 바라보며 앉아 있다. 천근이라도 되는 양 무겁게 종이가방을 들고 집으로 오긴 했지만 꺼내 볼 엄두가 나지 않는다. 이제 어쩔 것인가. 방법은 간단하다. 버스와 지하철을 갈아타고 백화점으로 가서 환불을 받으면 된다. 그러면 큰 문제는 없다. 적어도 당분간은. 하지만 백화점으로 가는 길……. 아침마다 출근을 하면서도 백화점을 향해 가는 길은 언제나 숨이 가쁘다. 때로는 그 안에서 빠져나오지 못하거나, 때로는 너무 멀어 가도 가도 닿지 못할 것 같은 그곳. 아직도 나는 백화점 앞에서 엄마를 기다리는 것일까.

저녁마다 루주를 바르고 집을 나서던 엄마는 늘 텔레비전을 켜 두고 나갔다. 텔레비전 속에는 숱한 엄마들이 있었다. 예쁜 앞치마를 입고 케이크를 만드는 엄마, 유치원에서 돌아오는 아이를 마중하는 엄마, 놀이터를 배경으로 아이의 양손을 잡고 빙빙 도는 엄마, 아이의 입속에 야채를 넣어 주며 미소를 짓는 엄마……. 드라마 속의 엄마들은 한결같이 아이와 눈을 맞추면서 천천히 웃었다.

하지만 나는 그런 엄마를 가져 본 적이 없다. 혼자 잠든 한밤 열에 들떠 헛소리를 할 때도, 악몽에 시달리며 빈손을 내저을 때도 엄마는 있지 않았다. 동이 틀 때쯤에야 바깥 공기를 묻히고 들어와 머리카락을 쓸어 주며 불쌍한 것, 그렇게 가끔 울먹였을 뿐이다. 그때마다 불을 끄지 않은 걸 후회했다. 하나도 기다리지 않은 척, 내게는 처음부터 엄마 따윈 없었던 것처럼 불을 끄고 편안하게 잠들어 있고 싶었다. 그러다 어느 땐가부터 엄마가 나간 뒤에도 정말 불을 끄고 잘 수 있게 되었다. 백화점 앞에서 해가 질 때까지 엄마를 기다리던 그날 이후 한 번도 불을 켜 두고 잔 적이 없다.

하지만 그가 없는 지금, 나는 불을 끄지 않고 침대에 눕는다. 재료가 가득 담긴 박스를 든 채로 쓰러진 그가 구급차에 실려 병원으로 간 후부터 불을 끄는 순간 몸 안에서 바람 소리가 들리기 시작했다. 어린 시절, 엄마를 기다리던 그때처럼. 서걱서걱. 서걱서걱. 몸을 움직일 때마다 갈비뼈와 무릎 관절, 요추 사이에서 쉬지 않고 바람 소리가 났다. 그럴 때마다 나는 동그랗게 몸을 말고 내가 나를 싸안았다. 그러다 어느 순간, 옷장을 열고 최근에 산 옷을 꺼내 입어 보곤 했다.

쇼핑을 할 때 나는 또 다른 내가 될 수 있다. 아니 나를 잊을 수 있다. 마네킹의 길고 곧은 몸체에 걸쳐져 있던 옷을 내 몸으로 옮겨 올 때면, 세상에서 가장 밝은 빛 하나가 내 머리 위를 비추는 것 같다. 그 순간만큼은 세상 사람들이 다 쳐다봐 주었으면 싶다. 하지만 내 머리를 비추던 밝은 빛은 다른 신상이 나오는 순간 곧 그리로 옮겨 간다. 다시 조명을 받기 위해서는 돌려막기를 하기 위해 만든 시한부 카드를 또 긁는 수밖에 없다.

내 인생이 이렇게 꼬인 게 언제부터였던가? 백화점 지하 식품매장 앞에서 카드모집인과 눈이 마주친 게 시작이었다. 그때 나는 사은품도 주고 연회비도 면제해 준다는 말에 솔깃했던 게 아니다. 중년의 카드모집인. 자꾸만 따라오며 카드를 만들라는 중년의 여자를 떨쳐 내는 것이 힘들었을 뿐이다. 카드 신청 서류를 작성하면서 흘끔 쳐다본 중년의 카드모집인과 눈이 마주쳐 버리지만 않았어도 좀 나았을까. 한 번에 세 개쯤 만들어 두면 요긴하게 쓰일 거예요. 목소리를 듣는 동안 따뜻하고 고운 모래 속에 서서히 몸이 파묻히는 것 같았다. 잘 기억나지 않지만 엄마의 목소리도 그랬다.

그렇게 갑자기 늘어난 카드는 나를 마법의 궁전으로 안내했다. 백화점 일 층의 네일숍으로 출근할 때마다 군침을 삼키며 보기만 했던 구두가 내 것이 되었고 구두와 같은 브랜드의 가방을 메고 다닐 수 있게 되었다. 카드 세 개를 손에 쥐는 순간 집 안에 옷들이 쌓이기 시작했다. 카드 하나가 한도를 넘기면 다른 카드를 내밀면 됐다. 카드가 생기자 어떻게 알았는지 여기저기서 대출해 주겠다는 데도 많았다. 전화 한 통이면 한 시간 안에 통장으로 돈이 입금되었고 그 돈을 연체된 카드사로 송금하고 나면 전혀 문제될 게 없었다. 신용카드는 내 신용을 참 잘도 믿어 주었고 나는 신상 치마들을 내 옷장 안에 모을 수 있었다.

하지만 마법의 시간은 영원하지 않았다. 마법이 계속되는 동안 조마조마해 하면서도 더욱 많은 물건을 사지 않을 수 없었던 것도 그 유한성을 알기 때문일 것이다. 마법이 풀리자 남은 건 높은 연체이자와 쓴 돈의 몇 배로 불어난 대출금뿐이었다. 그리고 머지않아 대부업체의 전화와 협박이 시작됐다.

"이봐, 아가씨. 돈을 못 갚으면 간을 잘라 주든지 신장을 하나 떼 주든지 해야 할 거 아냐! 아무래도 된맛을 한번 봐야 말을 알아듣겠군!"

그들이 한 번 다녀가고 나면 뇌가 졸아들고 심장이 쩍

짝 갈라지는 느낌에 진저리를 쳤다. 금방이라도 메스를 들고 배를 갈라 장기를 떼어 낼 것만 같아 식은땀으로 범벅이 되는 날이 이어졌다.

불을 끄지 않아 그런지 오늘은 더 잠이 오지 않는다. 그가 없는 날이 길어질수록 잠을 자기가 더 어려워진다. 하지만 불을 끄고 싶지는 않다. 당장이라도 혼수상태에서 빠져나와 내 이름을 부르며 그가 들어올 것만 같다. 침대 옆에 놓인 쇼핑백을 바라보자 주루룩 눈물이 흐른다.

네일숍에 다시 온 어제의 그 여자. 머리 위에 올려놓았던 선글라스로 눈을 가리고 있다. 입가의 푸릇한 자국은 매 맞은 흔적이 분명하다. 손톱이 두 군데나 찢어져 있어 래핑을 해야 했다. 보그(voge)지 표지에서 막 걸어나온 듯 온통 명품으로 치장한 저런 여자가 매를 맞을 수도 있다는 게 놀라웠다.

여자는 오늘 남편과 함께 왔다. 여자가 손톱관리를 받는 사이 뒤편 소파에 앉아 있는 여자의 남편은 시종일관 온화한 표정이다. 적당히 나온 배가 여자를 때릴 것 같아 보이지는 않지만 사람이란 알 수가 없다. 한 시간 가까이 기다려 여자가 시술의자에서 일어나자 남편의 표정은 더 온화해진다. 손톱이 예술이군. 매니저에게 카드를 건네면서 내게도 만 원짜리 한 장을 준다. 남편의 한 팔에 허리를 안긴 채 걸어 나가며 힐끗 돌아보는 여자의 눈에 언뜻 불안함이 스친다. 어쩌면 체념인지도 모르겠다.

체념이 무엇인지를 나는 여섯 살에 알았다. 어디로 불고 있는 것인지 방향을 가늠할 수 없는 바람이 온 사방에서 불어 대던 날, 제멋대로 휘날리는 치맛자락을 모아 쥐고 엄마를 기다렸다. 새로 생긴 백화점 앞 버스정류장에서 아이스크림을 먹으면서였다. 저녁 해가 이울도록 엄마는 오지 않았고, 초코 아이스크림을 먹던 내 손은 더러웠다. 엄마로 보이는 젊은 여자의 손을 잡고 가던 내 또래 여자애가 나를 돌아보며 말했다.

"거지인가 봐."

나는 치마에 손을 닦았다. 초콜릿 얼룩이 묻은 치마는 금세 더러워졌다. 정말 거지처럼 보였다. 바람은 쉬지 않고 불었고 치맛자락은 자꾸만 날렸다. 수없이 울고 싶었지만 억지로 참았다. 울음을 터뜨리는 순간, 엄마가 오지 않는다는 게 기정사실이 되어 버릴 것 같았다. 나는 백화점 앞에 서서 잠깐 볼일 보러 간 엄마를 기다리는 아이의 연기를 해가 질 때까지 하고 있었다. 모든 게 초콜릿으로 얼룩진 치마 때문인 것 같았다. 깨끗한 새 치마를 입으면 영원히 엄마가 오지 않더라도 거지처럼 보이지는 않을 거라는 생각만 했다.

그 사이 많은 사람들이 내 앞을 지나갔다. 한 손은 엄마 손을 잡고 다른 한 손에는 쇼핑백을 든 아이도 지나갔다. 그 아이들을 보면서 여섯 살의 나는 손톱이 손바닥을 파고들도록 치맛자락을 그러쥐고서라도 절대 울지 않는 것이 외로움이라는 걸 알았다. 그리고 외로움을 안다는 것이 체념이라는 것도 깨달았다.

살면서 뭔가를 체념하게 될 때마다 나는 치마를 샀다. 중학교 2학년이었던가. 반장이 새로 산 나이키 운동화가 없어졌다는 말을 하는 순간, 반 아이들 모두가 보육원 출신인 나를 돌아볼 때도, 양부모의 집에서 나와 한 달 반 동안 찜질방에서 자야 했을 때도, 삼 개월 관리를 예약한 내 또래의 여자가 손톱의 그라데이션이 마음에 들지 않는다며 얼굴에 돈을 집어 던질 때도 나는 치마를 샀다. 치마를 사면 그것과 어울리는 블라우스를 사게 되고 구두와 가방을 살 수밖에 없었다. 새로 산 치마를 입고 거리로 나서는 순간만큼은, 반장도 양부모도 내 또래의 여자도 용서할 수 있었다. 그러는 동안 카드는 연체되고 대부업자들의 협박이 잇달았다. 카드 돌려막기를 할 때부터 짐작하지 못한 일은 아니었지만 그렇다고 쇼핑을 그만둘 수는 없었다.

그를 만난 건 새로 산 돌체 게더스커트를 처음으로 입고 출근한 날이었다. 그날도 한가한 틈을 타 숙녀복 매장들을 기웃거리다 엘리베이터를 타고 일 층의 네일숍으로 내려가던 중이었다. 엘리베이터가 서자 무거운 박스들을 엘리베이터 밖으로 옮겨 놓는 그를 위해 열림버튼을 누른 채 기다려 준 게 인연의 시작이었다.

"치마가 참 잘 어울리시네요."

그가 던진 말에 슬쩍 거울에 나를 비춰 보았다. 깨끗하고 화려한 치마를 입은 내가 보였다. 못 들은 척 눈을 내리깔고 있었지만 입가에 보일 듯 말 듯 웃음이 떠올랐다. 엘리베이터에서 만난 날부터 월요일 오전이면 그는 박스를 들고 배달을 왔다. 내가 치마를 입고 출근한 날이면 잘 어울린다는 말을 거르지 않았다. 그가 오는 월요일이 즐거워지기 시작했다.

신상이 도착하자마자 누구보다 먼저 그 옷을 입을 때의 벅찬 느낌이라든지, 라벨을 떼지 않은 옷을 입고 전신 거울 앞에 비춰 볼 때의 감동을 이야기할 때 그는 조용히 나와 눈을 맞추었다.

"네가 행복한 일이면 내게도 행복한 일이야. 그게 뭐가 됐든."

눈가에 주름을 잡아 가며 그렇게 말해 줄 때는 백화점의 모든 조명이 내 머리 위로 옮겨와 나 혼자만을 비추고 있는 것 같았다. 이제 더는 필요한 것도, 사고 싶은 것도 없을 거라는 생각이 들기까지 했다.

하지만 백화점엔 쉬지 않고 신상이 들어왔고 신상이 나올 때마다 내 옷장 안의 옷들은 빛을 잃어 갔다. 드라마에 등장하는 탤런트가 입은 치마를 사면 그 드라마의 주인공이 될 수 있지만 다른 드라마의 시청률이 높아지면 또 다른 치마가 필요해졌다. 정말 이상한 일이었다. 그렇게 세련돼 보이던 것들이 하루아침에 구식이 되어 버리다니. 사면 살수록 더 사지 않고는 못 배길 수밖에 없었다.

여자가 나가고 나자 또 손님이 뜸하다. 매니저는 아까부터 새로 산 스마트폰 속으로 들어갈 듯 열중해 있고 두 명의 아티스트들은 쉬지 않고 뭔가를 소곤거리고 있다. 유리문 밖으로 보이는 백화점의 풍경도 여느 때와 다르지 않다.

월요일마다 오던 그가 오지 않아도 달라지는 건 아무것도 없었다.

버스정류장에서 막 출발하는 버스가 보인다. 저걸 타야 그가 입원한 병원으로 갈 수 있는데……. 백화점 앞 버스 정류장에 도착하자마자 떠나 버린 버스를 쳐다보며 나는 한숨을 내쉰다. 거리는 벌써 어둠이 짙어져 있다. 온종일 황사가 불어 그런지 거리가 한산하다. 나는 황사가 보얗게 앉아 있는 버스정류장의 플라스틱 의자에 아무렇게나 앉아 버린다.

사람들이 바쁘게 오가고 있었다. 손에 백화점 로고가 그려진 쇼핑백을 든 사람들이 간혹 눈에 띈다. 대여섯 살 정도의 여자아이가 엄마로 보이는 젊은 여자의 손에 매달려 가는 모습도 보인다. 내가 빤히 쳐다보자 여자애는 자꾸만 뒤를 돌아보며 간다. 뒤를 보느라 걸음이 흐트러진 여자애를 젊은 여자가 채근한다. 여자애는 이내 고개를 젖히고 제 엄마를 올려다본다. 아마도 저 여자애는 지금 잡고 있는 손을 놓으면 영원히 다시 잡을 수 없을지도 모른다는 생각은 꿈에도 하지 않았을 것이다.

여자애를 보고 있는 사이 정류장 앞에 버스가 와서 멎는다. 내 옆에 앉거나 서서 기다리던 사람들이 우루루 버스 쪽으로 몰려가 줄을 만든다. 나는 느리게 몸을 일으켜 줄의 맨 뒤로 가 선다. 돌이라도 매단 듯 몸이 무겁다.

버스를 타자마자 자꾸만 잠이 쏟아진다. 오늘따라 예약도 없이 고객이 몰리는 바람에 오후 내내 바빴다. 이제 갓 스무 살을 넘긴 두 명의 아티스트는 동작이 느렸고 매니저는 계속 짜증을 부려댔다. 대기용 소파에 앉아 잡지를 뒤지던 여자 둘이 기다리다 나가 버리자 매니저의 목소리에는 더욱 짜증이 묻어났다. 고된 하루였다.

내려야 할 정류장을 지나친 지 한참이다. 일부러 그런 건 아닌데 병원으로 가기엔 너무 멀리 와 버렸다. 되돌아가기에는 지나온 길이 멀기도 하지만, 무엇보다 나는 지금 피곤해서 견딜 수가 없다. 오죽하면 병원 앞을 지나가는 줄도 모르고 졸고 있었을까. 어차피 이대로 몇 정류장만 더 가면 집이다. 되도록 빨리 집에 가서 두 다리를 뻗고 잠들고 싶다.

바람이 심한지 차창 밖으로 보이는 사람들의 어깨가 잔뜩 움츠러져 있다. 여자들은 바람에 날리는 치마 끝을 잡은 채 걸어가고 있고 흩날리는 앞머리를 연신 쓸어 올리는 사람들이 보인다. 인도 쪽으로 내놓은 편의점 파라솔의 끝자락이 떨어져 나갈 것처럼 바람에 쏠리고 있다. 버스 안에 있으면서도 나는 고스란히 그 바람을 다 맞고 있는 것만 같다. 나도 모르게 온몸에 힘이 들어간다. 무릎 위에 올려 둔 가방 끈을 얼마나 심하게 비틀고 있었던지 손목이 시큰거린다. 나는, 그러니까…… 바람이…… 무섭다.

입양이 되어 열여섯 살이 되도록 자란 양부모의 집에서 나는 한 번도 울지 않았다. 여전히 바람 부는 날이 무서웠지만 아무에게도 말하지 않았다. 다만 그런 날은 쇼핑을 했다. 그러다 돈이 떨어지면 훔쳤다. 훔친 걸 들키고 나면 양아버지에게 늑골이 나가도록 맞았다. 하지만 돈이 있든 없든 바람이 불면, 나는 시내로 나갔다. 되도록 화려한 다이어리나 머리핀을 오래 고르면서 바람이 그치기를 간절히 기다렸다.

그와 곧바로 동거를 하게 된 것도 바람 때문이었다. 일을 마치기가 무섭게 백화점으로 달려와 나를 기다리던 그를 무시하고 가 버린 지 두 달이 되어 갈 무렵, 그는 매몰차게 지나쳐 가는 내 뒤에다 대고 말했다.

"다른 건 몰라도…… 평생…… 집안일은 내가 다 할게요. 당신은…… 인형처럼 예쁜 치마를 입고 내 옆에 있어 주기만 하면 된단 말이에요."

그 한 마디에 나는 기어이 뒤를 돌아보고 말았다. 저 남자라면 평생 예쁜 치마를 입고 살 수 있을까. 그날 처음으로 그와 함께 간 커피숍에는 슈베르트의 '마왕'이 울려 퍼지고 있었다. 음악 소리를 피해 자꾸만 구석으로 몸을 움츠리는 내게 한때 성악가를 꿈꾸었다는 그가 말했다. 바람을 무서워하는 군요. 그렇게 말하지만 않았어도 이혼 경력이 있고 열 살이나 연상인 그를, 그렇게 쉽게 받아들이지는 못했을 것이다.

반장의 운동화가 없어진 그날 오후의 음악시간, 노처

녀였던 음악 선생은 칠판에 가사를 써 주며 슈베르트의 연가곡 '마왕'을 들려주었다. 열에 시달리는 아들을 업고 아버지는 집을 향해 달리고 있다. 등 뒤에서 아들이 마왕에게 희롱당하는 걸 모르는 채 앞만 보고 달린다. 급박한 피아노 소리는 마왕의 손처럼 커졌다 작아지기를 반복하며 아들의 덜미를 잡아채는데, 아들이 아무리 아버지에게 마왕의 존재를 알리려 해도 아버지는 바람 부는 거리를 질주하기에 바쁘다. 그때 아들은 얼마나 두려웠을까. 아무리 구원을 청해도 알아듣지 못하는 아버지에게 얼마나 절망했을까. 아버지, 마왕이 쫓아와요. 괜찮다 아들아, 바람 소리일 뿐이란다. 아버지 마왕이 이제 내 목을 조르려 해요. 조금만 참으렴, 아들아, 바람은 지나간단다. 급기야 아버지가 두려움에 떨던 아들을 품에 안았을 때는 이미 싸늘하게 식어 버린 후였다. 아버지의 등 뒤에서 바람에 시달리던 아들은 얼마나 간절히 손을 뻗어 아버지에게로 가닿고 싶었을까.

그러나 아버지는 끝내 아들의 간절함을 알지 못했다. 아무도 내가 바람을 무서워한다는 걸 알지 못하는 것처럼. 그리고 바람 소리를 들으면 누군가를 몹시 원망하게 된다는 것도. 스물아홉 해를 사는 동안 아무에게도 말해 주지 않았지만 내가 바람 부는 날을 무서워하는 걸 알아 버린 남자는 그렇게 나와 동거를 시작했다.

다섯 개의 카드를 돌려가며 쇼핑을 하는 나를 보며 그는 천재라고 했다. 하지만 그런 천재성 역시 영원한 것이 아니었다. 내가 신상 치마와 가방과 구두 사이에 끼여 허우적거리던 어느 날, 그가 두 손으로 내 턱을 감싸고 물었다. 너에겐 그 치마가 우리의 미래보다 소중한 거니? 나는 보일 듯 말 듯 고개를 끄덕였다. 눈물이 주루룩 흘러내렸다. 그는 한참 동안 내 눈을 들여다보다 절레절레 머리를 저었다. 가망 없다는 듯. 그가 머리를 젓자 또 한 번 눈물이 흘러내렸다. 나도 따라 머리를 저었다. 나라는 여자 정말 가망이 없구나. 이제 그도 나를 떠나겠구나.

하지만 그는 나를 떠나는 대신 대출을 받았다. 그의 이름으로 대출된 돈은 내 카드 연체금으로 들어갔고 연체가 풀린 카드로 나는 다시 쇼핑을 했다. 쇼핑을 하면서도 연신 머리를 저었지만 그럴수록 더욱 포기할 수 없는 옷들이 더 자주 눈에 띄었다.

그 역시 새벽과 밤을 가리지 않고 대출업자로부터 전화를 받는 날이 이어졌다. 잠이 들 만하면 현관문을 걷어차며 들이닥치는 대부업자들에게는 아무리 노력해도 면역이 생기지 않았다. 그들로부터 오는 전화는 벨소리부터 이마를 밟히는 듯 공포스러웠다. 그러던 어느 날, 그는 쓰러져 버렸다. 회사에서 휴가를 받았다며 홀연히 여행을 떠났다가 일주일 만에 돌아온 다음 날이었다. 혼이라도 빠져나간 듯 허해 보이고 안색이 나빴지만 출근한 지 두 시간 만에 쓰러져 구급차에 실려 가는 일이 생길 줄은 몰랐다. 그리고 그렇게 병원으로 실려 간 후 며칠 동안 온몸이 부풀어 오르더니 지금은 혼수상태에서 깨어나질 못하고 있는 것이다.

갑자기 그가 미치도록 그립다. 내일은 꼭 병원에 들러야겠다. 그가 좋아하는 타탄체크무늬의 샤넬 스커트를 입고.

백화점은 언제 봐도 깨끗하고 차분하다. 냄새도 좋다. 오렌지빛이 감도는 할로겐 조명과 우아하고 낮게 깔린 음악은 쾌적함을 더해 준다. 쇼핑객이 있든 없든 판매직원들은 매대 앞에 단정히 서서 입꼬리를 올리며 웃고 있다. 아무리 남루한 생활의 때가 덕지덕지 앉은 사람이라도 이 안으로만 들어오는 순간 무한한 기품이 생길 것 같다. 나는 네일숍 유리문 밖으로 백화점 안의 풍경을 둘러보면서 짧게 진저리를 친다. 백화점 가득 봄 신상품을 진열하고 있어도 아직은 추운 때다.

매니저는 풀이 잔뜩 죽은 채 앉아 있다. 아티스트들은 닦은 테이블을 또 닦고, 에나멜 병을 괜히 들었다 놓았다 하며 매니저의 눈치를 보고 있다.

"매니저 언니 남친 말이야. 정말 다 갖고 튄 거야? 하나도 안 남기고?"

"그래, 말 그대로 먹튀라니까. 유난히 닭살 돋게 굴 때 알아봤어야 하는 건데. 결혼자금 다 빼돌리고 신혼집 전세금 담보로 대출까지 해 갔대."

젊은 아티스트들이 소곤거렸다. 한동안 혼수를 보러 다니느라 들떠 있던 매니저는 지금 소파에 들러붙은 채 꼼짝을 하지 않는다. 흡사 좀비에게 피를 빨리고 버려진 시체 같다.

매니저가 왼손 약지에 커플링을 끼고 출근하던 날이

떠오른다. 매니저의 남자친구가 호텔 스카이라운지에서 무릎을 꿇고 반지를 내밀며 청혼을 할 때, 악단이 연주하던 음악이 얼마나 감미로웠는지 전하는 매니저의 뺨은 발그레했다. 그 순간, 엘가의 '사랑의 인사'를 연주하게 하기 위해 얼마나 많은 돈을 썼는가를 이야기하는 남자친구의 유머감각에 대해서도 매니저는 한참을 늘어놓았다.

"그 사람이 그런 사람이야. 음악도 늘 클래식만 듣고, 호텔 휘트니스클럽만 다녀. 골프 퍼팅 자세가 그렇게 완벽하기도 참 힘든데 그 사람은 타고났다니까. 귀족의 피는 어디가 달라도 다르더라구."

하지만 낭만적이고 귀족적 취향을 가진 매니저의 남자친구는 한순간 거품처럼 꺼져 버렸다. 점심을 걸러 가며 여자들의 손톱을 다듬고, 위경련을 참아 가며 고객의 비위를 맞추면서 번 돈도 함께 사라졌다. 눈 밑에 기미가 짙고 앉으면 뱃살이 도도록 접히는 매니저를 공주처럼 추켜세울 때 뭔가 짐작되는 게 없는 건 아니었지만, 그래도 어떻게 이렇게 순식간에 그 모든 일을 해치울 수 있었는지. 그 남자의 얼굴을 떠올려 보려 해도 얼굴은 생각나지 않고 즐겨 입던 미즈노 골프웨어와 페르가모 구두만 선명하다. 도대체 그 남자의 실체는 뭐였을까.

계속해서 유리문 밖을 쳐다보며 생각에 빠져 있는데 느닷없이 주머니 속에 넣어둔 스마트폰이 진동을 한다. 경기라도 일으킨 듯 다급하고 요란한 진동이다. 왠지 선뜻 전화를 받기가 두렵다. 역시 병원으로부터 온 전화였다. 의사가 급히 나를 찾는다고 했다. 스마트폰을 잡고 있는 내 손이 심하게 떨렸다. 소파에 앉아 한숨만 쉬고 있던 매니저가 여전히 고개는 떨군 채 빨리 가 보라는 손짓을 한다. 올 것이 온 것뿐이라는 듯, 치를 일은 빨리 치르는 편이 낫다는 듯. 아마도 매니저는 그와 나의 관계를 진즉부터 알고 있었던 모양이다.

나는 매니저를 향해 눈을 흡뜬다. 생각 같아서는 악을 써 가며 소리를 지르고 싶다. 내 남자는 당신 남자친구와는 달라. 당신 남자는 명품을 칭칭 두르고 나타나 당신의 단물만 빨았지만 내 남자는 나를 위해 무슨 짓까지 한 줄 알아? 목까지 넘어오려는 소리를 꿀꺽 삼키며 나는 유리문을 박차고 나온다. 젊은 아티스트들의 걱정스러운 눈빛이 문밖까지 따라 나온다.

급하게 뛰어나오던 걸음이 조금씩 느려진다. 도저히 그를 볼 자신이 없다. 손이 부어 주먹이 쥐어지지 않으면서도 내 치맛단을 어루만지며 이렇게 얇게 입으면 춥잖아, 어눌하게 말하던 그에게 지금 어떤 일이 벌어지고 있는 것인가. 도대체 병원에서는 어떤 일이 나를 기다리고 있을지 상상하기도 싫다.

택배일이 끝나면 대리운전을 했지만 그래도 대부업자들에게 수시로 멱살을 잡히곤 하던 남자. 임시변통으로 돌려막기를 하라며 내준 카드로 내가 프라다 구두를 사 오자 하염없이 땅만 바라보던 남자. 연체를 갚자마자 불거지던 또 따른 대출금 앞에서도 나를 향해 힐난의 말 한 마디 하지 않던 남자. 그러다 더 이상은 손을 써 볼 수 없을 만큼 부채가 늘어나자 오래도록 내 얼굴을 바라보며 사랑한다는 말을 하던 남자. 그리고 말없이 가방을 꾸려 어디론가로 훌쩍 가 버리던 남자. 그를 잡지도, 돌려세우지도 못하고 멍하니 있는 나를 돌아보며 뚝, 눈물을 흘리던 남자.

그렇게 나갔다가 돌아온 그는 허깨비처럼 비어 보였

다. 어디를 다녀왔는지 한 마디 말도 없이 일주일 만에 집으로 돌아온 그는 밤새 식은땀을 흘리고 신음을 했다. 그가 집을 비운 사이 내 계좌에는 생각지도 못한 목돈이 입금되었고, 돈이 들어오자마자 대부업자들이 달려들어 다시 잔고를 비워 놓았다. 그나마 네모난 플라스틱에 불과했던 신용카드들이 다시 신용을 회복했지만 기쁘지 않았다. 돈의 출처가 궁금하고 불안할 뿐이었다.

며칠만 쉬라는 내 만류를 듣지 않고 그는 기어이 다음 날 출근을 했다. 그리고 배송준비를 하면서 20킬로짜리 택배물을 들다가 갑자기 쓰러져 병원으로 갔다는 직장 동료의 연락이 왔다. 껌 씹는 소리를 요란하게 내던 여자의 손톱 위에 프렌치데코레이션을 하던 나는 연락을 받자마자 유리문을 밀치고 나와 병원을 향해 달렸다. 무작정 차도로 뛰어들어 택시를 잡아탔다.

복부 엑스레이를 형광등에 비춰보던 응급실의 당직의사는 나를 보자마자 혀부터 찼다.

"신장 증여를 했으면 충분한 휴식을 취하는 게 상식인데, 도대체 어쩌려고 이렇게 무리를 한 겁니까?"

의사는 쉼 없이 말을 했지만 나는 한 마디도 알아들을 수가 없었다.

"한쪽 신장을 떼어 내고 나면 남은 신장이 두 배로 기능해야 하기 때문에 무조건 쉬어야 합니다. 특히 무거운 걸 들거나 과로를 하게 되면 곧바로 부전상태에 빠지기 십상이죠. 더 두고 봐야 알겠지만 이대로 신장이 회복하지 못하면 요독이 온몸에 퍼져 돌이킬 수 없어집니다."

돌이킬 수 없어집니다. 돌이킬 수 없어집니다. 의사의 목소리가 자꾸만 귀 속에서 돌림노래처럼 반복된다. 도대체 언제부터 이렇게 돌이킬 수 없어져 버린 걸까.

나는 백화점 밖으로 나가지 못하고 기어이 그 자리에서 버린다. 나를 둘러싼 매장들마다 은은한 조명을 받으며 상품들이 빛나고 있다. 쥬얼리 매장의 쇼케이스마다 보석들이 반짝이고, 화장품 매대에는 현란한 색감의 화장품들이 쌓여 있다. 누군가의 신장 기능이 멎거나 말거나, 요독이 퍼져 죽거나 말거나 우아하고 세련된 그것들은 요요하게 빛난다.

나는 내가 서 버린 곳에서 제일 가까운 매장으로 걸어

들어간다. 크고 작은 가방들이 계단식 진열대를 빼곡이 채우고 있고 허리높이의 매대에는 색색의 머플러들이 디스플레이 되어 있다. 나는 그중 하나를 집어들고 성큼성큼 계산대로 향한다. 평소 눈인사를 하며 지나다니던 판매여직원은 내 어깨에 머플러를 대 보며 얼굴색과 잘 어울린다며 호들갑을 떤다. 나는 흉측한 물건이라도 되는 양 불쑥 카드를 내민다. 카드를 받아 든 판매직원은 빠르게 단말기에 카드를 긁는다. 지지직 소리가 나면서 승인이 난다.

그의 몸에 부착되어 있던 기계에서도 저런 소리가 났다. 수치가 점점 낮아질 때마다 들이대는 의료기기들은 다양한 소리를 냈다. 지지직, 지지직. 그러다 어떨 때는 뚜, 하는 높은 주파수의 소리가 나기도 했다. 그때마다 의사와 간호사들이 몰려와 혈압을 체크하고 심장박동을 확인했다.

어디선가 뚜, 하는 높은 주파수의 소리가 들리는 것만 같다. 나는 귀를 틀어막으며 얼른 머플러를 받아 들었다. 차마 그 화사한 색을 목에 두를 수 없어 가방에 쑤셔 넣는다. 구찌 핸드백은 머플러 두 개쯤 더 집어넣어도 될 만큼 품이 넉넉하다. 보기에는 그렇지 않은데 막상 열어보면 커다란 가방. 명품은 요술 같다.

바로 그때 검은 슈트를 입은 여자가 매장 안으로 들어온다. 여자는 내가 들고 있는 구찌가방과 똑같은 것을 메고 있다. 나는 슬그머니 가방을 뒤로 감춘다. 짝퉁도 아닌데 왠지 자신이 없다. 오리지널을 갖고 있으면서도 나는 왜 짝퉁 같은 느낌이 드는 걸까. 가방을 뒤로 감추면서 매장을 빠져나온다. 그의 몸에 부착된 기계에서 뚜, 소리가 나며 계기판의 모든 숫자들이 0이 되는 환상이 눈앞으로 지나간다. 마왕의 검은 망토자락이 보이고 쉴 새 없이 바람 소리가 들려온다.

나는 백화점 회전문을 밀고 나가 병원으로 가는 대신 이 층으로 향하는 에스컬레이트를 탄다. 어느새 마네킹이 입고 있던 신상 오렌지색 플레어스커트를 손에 들고 있다. 적어도 이 순간 이 치마가 없다면 내 몸은 그대로 바람에 쓸려가 어디선가 싸늘하게 식어 버리고 말 것이다. 초콜릿이 묻은 더러운 치마를 보며 거지같다던 여자애의 목소리, 치마가 잘 어울린다던 그의 목소리, 그리고 쉬지 않고 불어 대는 바람 소리. 돌이킬 수 없어진다는 의사의 말소리……. 그 환청들 사이로 급박하고 또렷하게 뚜 소리가 들려온다. 나는 오렌지색 치마를 더욱 세게 움켜쥐고 계산대로 향한다.

핑크로드

그때 그녀의 언어를 알아들
었어야 했다. 무엇이 두려워 후드를
머리끝까지 뒤집어쓰고 잠이 들지 않으
면 안 됐던 건지, 비어져 나오는 눈물을 참
아 가며 눈가 주름을 화장으로 덮고 어디를
향해 가고 있었던 건지. 하다못해 그 샤넬 가
방이 어디서 난 거냐고 그때 물었어야 했
다. 지금 와서 아무리 나를 부인하고
그녀를 변호하고 싶어도 이미 늦
어 버린 것이다.

문은 완강하게 나를 거부하고 있다. 다시 한 번 비밀번호를 눌러 보지만 문은 열리지 않는다. 한 번 더 간절한 마음으로 네 개의 숫자를 눌러 봐도 마찬가지다. 벌써 한 시간이 넘도록 나는 같은 동작을 반복하고 있고 문은 신경질적인 기계음을 내며 견고하게 버티고 있다. 이렇게 손끝에 힘을 주고 네 개의 숫자를 눌러 보는 것 외에 내가 할 수 있는 일은 정말 없는 걸까. 나는 어금니를 꽉 깨물며 절박하게 문을 쳐다본다. 꼭 그녀를 만나야만 한다. 이대로 놓쳐 버릴 수는 없다. 그러나 주문을 걸듯 비밀번호를 다시 눌러 보지만 주파수 높은 기계음만 한 번 더 확인할 뿐 문은 열리지 않는다. 나는 문에 등을 대고 스르륵 주저앉고 만다. 절망감이 핏줄을 타고 온몸으로 퍼지면서 내 속에서 중요한 뭔가가 훌렁 빠져 나가는 것 같다. 그녀가 없다면 어차피 나는 껍질이다. 벗어 두고 가 버린 뱀의 허물처럼 후줄근히 구겨진 채 나는 그녀의 문 앞에 하염없이 앉아 있다.

"내 집에 온 걸 환영해. 네가 처음으로 나를 찾아온 오늘 날짜가 지금부터 이 문의 비밀번호야."

수줍게 앞섶의 단추를 하나하나 열듯 숫자 버튼을 정성스럽게 짚어 가며 번호를 변경하던 그녀의 모습이 또렷하다. 그 모습을 떠올리면 복병처럼 순식간에 들이닥치던 향기가 먼저 나를 휘감아 온다. 문을 향해 돌아설 때 긴 머리에서 풍겨오던 샴푸 냄새, 그리고 휘리링 경쾌한 기계음과 함께 열린 문 안에서 끼쳐 오던 온갖 향기. 재스민인가 싶으면 라벤더 같고 장미인가 하면 라일락으로 변하면서 종잡을 수 없는 향들이 마구잡이로 달려들었다. 도무지 정체를 알 수 없는 향기들은 좁은 원룸 여기저기서 불쑥불쑥 나타났다. 마치 요정들의 숨바꼭질 같았다.

그녀의 방은 분홍요정들의 세상이었다. 오밀조밀 유리병이 올려져 있는 조그만 화장대의 테두리도 분홍이었고, 거울이며 시계며 휴지통까지 분홍색이었다. 방문을 열면, 손바닥을 댄 자리마다 색이 조금씩 짙어지는 인디언핑크의 베드스프레드. 그 위의 연분홍 꽃이 자잘하게 흩어져 있던 이불. 심지어 분홍색 블라인드를 거쳐 비쳐 드는 햇볕마저도 그 방에서는 분홍빛을 띠었다. 어느 것 하나 분홍이 들어 있지 않은 게 없었다. 그녀는 작고 투명한 분홍 컵에 물을 담아 칫솔과 함께 건네며 말했다.

"네가 올 때마다 쓸 수 있게 이 칫솔은 여기 꽂아 둘게."

그녀는 분홍의 화신 같았다. 그리고 그 말을 하던 순간 훅하고 끼쳐 오던 그녀의 살냄새. 정신이 아득했다. 도무지 종잡을 수 없는 갖가지 향기에 섞여 나를 휘감아 오던 그녀의 체취에 나는 자꾸만 혼몽해졌다.

그녀는 어릴 때부터 분홍을 좋아했다. 초등학교 3학년 겨울방학, 그녀는 내 옆에 엎드려 스케치북에 그림을 그리고 있었다. 온통 분홍으로 치장한 여자 그림이었다. 분홍 헤어밴드를 하고 연분홍색 원피스를 입은 여자는 반달 모양의 눈으로 웃고 있었다. 입을 앙다문 그녀가 크레파스를 움직일 때마다 사각사각 소리가 났다. 나는 그 소리를 들으며 그녀 옆에 배를 깔고 만화책을 보고 있었다. 사각사각. 사각사각. 만화책 속에서 주인공은 계속 주먹을 날리고 있었고 휙휙 바람 가르는 소리가 칸마다 쓰여 있었지만 나는 금방 졸음이 몰려왔다.

"나는 핑크를 보면 행복해져."

크레파스를 꾹 눌러 분홍 구두를 칠하고 있던 어린 그녀의 정수리에도 분홍색 방울 두 개가 매달려 있었다. 사각사각 소리에 맞춰 그녀의 어깨가 조금씩 흔들릴 때마다 알사탕만 한 분홍 방울도 딸랑딸랑 소리를 낼 것만 같았다. 사각사각. 딸랑딸랑. 따뜻한 아랫목에 엎드려 그녀의 사각거리는 소리를 들으면서 조금씩 잠 속으로 잠겨 드는 아늑함. 그대로 잠이 든다면 분홍색 천지의 꿈을 꾸게 될 것 같았다. 그녀의 분홍이 설탕물처럼 달착지근하게 내 몸을 휘감으면서 깊이를 알 수 없는 잠 속으로 빠져들게 했다.

살다 보면 길인 줄 알고 가기 시작했는데 길이 아닌

경우도 있지만 처음부터 길이 아닌 줄 알면서도 들어서지 않을 수 없을 때가 있다. 내겐 그녀가 그랬다. 처음부터 그녀는 내가 들어서서는 안 될 길에 서 있었다. 하지만 손이 닿으면 그 자리에서 얼어 버릴 것처럼 차갑고, 얼음이 되는 순간 바로 심장이 활활 타오를 것 같이 뜨거운 여자. 그런 여자를 비켜 갈 수 있을까. 그녀가 벗어놓은 운동화 한 켤레를 보며 온밤을 새우고 말았던 그때로 돌아간다 하더라도 나는 그녀를 에둘러 가지는 못했을 것이다.

지금쯤 회사는 어떻게 돌아가고 있을까. 나는 폰을 가만히 내려다본다. 태국의 사업주는 영어로 뭐라 씨부렁거리기도 지쳤는지 '빼큐' 한마디 이후에는 잠잠하다. 부서장들 조율이 안 된다며 연신 욕을 해 대던 부사장은 무단결근 사흘이 넘어가자 살아만 돌아오라는 문자를 보내 왔고, 회사에서는 기어이 뇌물수수에 배임, 어쩌면 횡령사건이 될 수도 있다는 통보를 해 왔다. 토목담당팀장과 배관담당팀장의 문자는 아예 열어 보지도 않았다. 아무래도 사업주가 회사를 뒤집어엎은 모양이다. 하긴 공장설계에서 시간이 지연된다는 건 돈을 한 무더기씩

안아다 내다 버리는 것과 다르지 않으니 사업주가 가만 있을 리 없기는 하다.

내가 갑자기 사라지면서 십이억 달러짜리 공사는 전면 중단되었다. 현장의 히스토리를 아는 사람은 나뿐이었고 설계부터 시공까지 현장을 지휘한 것도 나였다. 함께 현장을 맡은 프로젝트 매니저는 사업주 접대에만 주력하느라 현장을 모른다. 이래서 낙하산과 함께 일하는 건 짜증이 난다.

H그룹 공장설계팀 엔지니어링 매니저. 이 자리로 오기까지 내가 겪어 낸 세월이 이렇게 한꺼번에 무너지는 걸까. 울컥 눈물이 난다. 그녀가 지금 옆에 있다면 내 얼굴을 가만히 감싸쥐고 오래 내 눈을 들여다봐 줄 텐데. 나는 함부로 수염이 자라 있는 턱을 쓸어 본다. 턱 밑으로 파고들어 얼굴을 비벼 대던 감촉이 이렇게 생생한데, 그녀는 지금 어디로 간 걸까.

굳건히 닫혀 있는 그녀의 원룸만 바라보다 할 수 없이 몸을 돌린다. 그녀의 문 안으로 들어갈 수 없다는 건 세상의 어느 문도 나를 허용하지 않는다는 의미일 것이다. 이제 어디로 갈 것인가. 그녀를 찾아야 한다는 일념으로 여기까지 왔지만 도대체 어디서부터 시작해야 할지 알 수가 없다.

원룸 옆으로 펼쳐지는 바닷가, 모텔들이 즐비하다. 아직 초저녁이지만 주차장마다 차가 들어차 있다. 바닷가에 면해 있는 방마다 신음을 흘리는 남녀들이 엉켜 있을 상상을 하자 명치끝이 아파 온다. 희고 가는 팔로 내 목을 휘감아 얼굴을 비벼 대던 감촉. 그녀와 함께 보낸 밤들이 사무치게 그립다. 바닷가를 터벅터벅 걸어 사흘 전부터 방을 잡아 둔 모텔을 향한다. 누가 밀기라도 하듯 억지로 걸음을 떼며 명치를 한 번 꾹 눌러 본다.

그녀가 그렇게 내 명치에 턱 하고 얹힌 건, 때늦은 사춘기에 시달리며 학원을 오가던 고3 때였다. 늦은 밤 야간자습을 마치고 집으로 들어오는 순간 현관에 놓여 있던 조그만 운동화 한 켤레. 그때 내 귀를 스치던 낯선 바람 한 줄기. 실제로 때맞춰 바람이 불었는지 아닌지는 알 수 없다. 아파트의 구석진 현관으로 바람이 흘러들어올 가능성이 얼마나 있는지 역시 중요하지 않다. 다만 나는 그때, 발목까지 분홍색 끈이 묶여 있는 조그만 운동화를 보면서 그냥 한 줄기 바람을 느꼈을 뿐이다. 그리고 그 한 켤레 운동화가 이십 년이 지나도록 내 명치에 얹혀 아직도 그 바람결이 귀를 스치고 있다.

현관에 선 채 운동화를 바라보고 있는 사이 거실에서는 이야기 소리가 들려왔다. 엄마는 평소보다 들뜬 목소리를 내고 있었고 비음이 많이 들어간 낯선 여자 목소리가 까르르 웃음소리를 내고 있었다. 내가 거실로 들어서자 채 웃음기가 가시지 않은 얼굴로 한 여자가 말갛게 나를 바라봤다. 순간 나는 컥 숨이 멎었다. 놀란 듯 동그란 눈을 깜박이며 그녀가 무어라 말을 건넸지만 잘 들리지 않았다. 갑자기 세상이 저만큼 물러나고 그녀만 도드라졌다. 칙칙한 흑백화면 한 곳만 빨간 컬러가 입혀져 있는 느낌이랄까. 그녀 주위에서 환한 빛이 뿜어져 나오고 있었다. 내가 버벅대는 사이 엄마와 그녀는 또 한 번 높은 웃음소리를 냈다. 나는 홧홧하게 달아오르는 얼굴을 돌리고 부러 쿵쿵 발을 굴리며 내 방으로 들어갔다. 그녀는 어느샌가 쪼르르 나를 따라 들어왔다.

"나 기억 안 나?"

그녀가 조그맣고 하얀 손을 내밀며 악수를 청해 왔다.

하마터면 내 입에서 신음 소리가 흘러나올 뻔했다. 그때 엄마가 들어와 '너희들 철들고는 처음이지?' 하며 다시 한 번 웃지 않았다면 나는 괜한 화를 냈을지도 모른다.

"이모 딸 콩이 누나, 생각나지? 왜 어릴 때 하두 쪼끄매서 콩만 하다고 우리가 콩이라 불렀잖아. 그런데 이제 이만큼 커서 대학생이 됐네."

기어이 내 입에서 신음이 흘러나오고 말았다.

그녀는 그해 일주일을 머물다 갔다. 대학생이 된답시고 여행을 가고 싶다 조르던 그녀를 이모는 우리 집으로 보냈다. 기차를 타고 먼 길을 가고 싶었다던 그녀는 서울 여행이 즐거워만 보였다. 초등학교 때만 해도 방학이면 가끔 엄마와 함께 가곤 하던 부산의 이모 집. 누나라고 했지만 하도 조그매서 늘 두리번거려야만 눈에 띄던 여자애. 통통 집 안을 뛰어다니다 어느 결에 눈앞을 휙 지나가 버리곤 하던 아이. 저렇게 조그만데 왜 누나라고 불러야 돼? 그렇게 말했다가 엄마에게 머리를 쥐어박힌 적도 있다.

마지막으로 본 게 중학교 1학년 여름 방학이었던가. 방 안에서는 엄마와 이모의 이야기 소리가 두런두런 들려오고, 나와 그녀는 마루 끝에 나란히 앉아 방 안의 이야기 소리에 귀를 기울이고 있었다. 그러다 한순간, 그녀가 말했다.

"난 서른이 되기 전에 죽을 거야. 너무 오래 산다는 건 뭐랄까, 참 무례해 보여"

마치 스테이크를 먹을 때는 한 조각씩 썰어 먹어야 덜 식는다거나, 손수건을 갖고 다니면 유용하다는 말을 하는 것처럼 조근조근한 목소리였다. 이제 막 코 밑이 거뭇해져 오기 시작하던 나는 그 말을 알아들을 수가 없었다. 오래 산다는 것도, 무례하다는 것도 나로서는 외우기 힘든 외국의 지명처럼 낯설기만 했다. 새초롬하게 눈을 내리깔고 조그만 입술을 달싹이며 말하는 그녀를 흘깃거리며 그 시간이 끝도 없이 이어졌으면 좋겠다는 생각만 하고 있었다. 갸우뚱 고개를 기울인 채 끊길 듯 끊길 듯 이야기를 하고 있는 그녀를 보는 내내 추 하나가 매달린 듯 명치가 무거워졌다. 그리고 간혹 얼굴을 돌려 나를 보던 모습이 떠올라 부산에서 서울까지의 기차 안에서도 지겨운 줄을 몰랐다. 집에 돌아와서도 한동안은 그녀의 조근조근한 목소리가 따라다녀 멍하게 몇 시간씩 앉아 있어야 했다. 그녀처럼 갸우뚱 고개를 기울이고 간혹 옆으로 얼굴을 돌리면서.

그녀의 종적을 찾아 여기까지 왔지만 그녀는 이슬이 되어 증발했다. 이슬……. 정말이지 그녀는 이슬 같았다. 나를 휘감고 몸을 뒤칠 때마다 금방이라도 터져 버릴 것 같던 아슬아슬함. 지금 눈앞에 있지만 고개를 돌리는 순간 어디론가 훅 사라져 버릴 것만 같은 안타까움. 그래서 더욱 빨려들지 않을 수 없는, 맑지만 결코 속을 알 수 없는 이슬 같은 여자.

아내도 투명했다. 그러나 티브이에 아이돌스타가 나오면 꺅꺅 소리를 지르거나, 싱싱한 꽃게를 사와 게장 담그는 걸 좋아하는 아내의 투명함은 그녀와 달랐다. 기쁘면 목젖이 다 보이도록 웃었고, 화가 나면 목소리를 키웠다. 아내는 보이는 그대로가 전부였다. 또각또각 발소리를 내며 다가와 수줍게 결재서류를 내밀며 눈을 맞추던 아내가 나는 좋았다. 눈앞에서 훅 사라질 것 같다거나 문득 비밀스러워지지 않아 아내를 만나는 일은 늘 편안했다. 나는 망설임 없이 결혼을 했고 밋밋하지만 안

정된 결혼생활을 했다. 결혼을 하고 아내의 무릎을 베고 잠이 드는 날이 이어지면서 나는 조금씩 그녀를 잊어 갔다.

하지만 아주 조금씩이었다. 그녀가 우리 집에 머물던 그 일주일의 기억으로 마음에 소용돌이가 일면 얼굴이 벌겋게 되도록 숨을 참아야 했다. 때론 소용돌이가 회오리로 변하거나 폭풍이 되어 나를 뿌리째 뒤흔들기도 했지만 게장과 함께 식탁을 차려 내는 아내를 보면서 일렁이지 않으려 안간힘을 썼다. 그래도 그렇지. 현관에 놓인 조그만 운동화를 보며 낯선 바람결을 느낄 때만 해도 그녀가 이렇게 광포하게 나를 휘감아 인생행로를 바꾸어 놓을 줄은 몰랐다.

그녀의 쾌활함은 전염성이 강했다. 그녀가 머물던 그 일주일 동안 집 안 공기는 확 달라져 버렸다. 일주일 내내 그녀는 나를 졸졸 따라다녔다. 엄마와 콩나물을 다듬거나 티브이를 보다가도 내가 학원에서 돌아오면 쪼르르 현관으로 달려 나왔다. 힘들지? 배고프겠다. 과일 깎아 줄게. 조금만 기다려. 쉬지 않고 재잘거리며 방까지 따라 들어왔다. 쿠션을 물어뜯으며 온종일 혼자 갇혀 있던 치와와 같았다. 주인에게 밟혀 가면서도 꼬리를 흔들며 따라다니는. 함부로 벗어 둔 윗도리를 옷걸이에 걸어 주거나 책상 위에 펼쳐진 수학 문제집을 보면서 아직도 미적분이니, 그렇게 어른인 척 굴기도 했지만 비음이 강한 그녀의 목소리를 들을 때마다 나는 얼굴이 홧홧 달아올랐다. 학원에서도 온통 그 목소리가 따라다녀 도무지 공부에 집중할 수가 없었다.

엄마도 그녀가 휘저어 놓은 집 안 분위기에 전염이 된 게 분명했다.

"콩아, 넌 어째 서울 애들보다 더 깍쟁이같니?"

과묵한 아버지에게 사과를 깎아 내밀며 그녀가 쫑알쫑알 얘기를 쏟아 낼 때마다 엄마는 높은 소리로 웃었다. 아버지 역시 눈가에 자잘한 주름을 잡으며 입술을 벙싯거렸다. 그럴 때마다 나는 홧홧하게 달아오르는 얼굴을 보이지 않으려고 숟가락을 소리 나게 놓으며 식탁에서 일어나 버리곤 했다. 그러면서 언제쯤 과일을 들고 그녀가 내 방으로 올까, 수학 문제집을 펴 놓고 초조하게 기다렸다.

그녀가 온 지 닷새가 지나 버린 토요일, 우리는 여의

도 광장에 갔다. 시내 구경을 시켜준답시고 데리고 간 곳이 하필이면 여의도였던 건 그때까지 내가 잘하는 거라곤 롤러스케이트를 타는 것 외엔 없었기 때문이다. 그녀는 지하철을 타고 가는 동안에도 쉬지 않고 재잘거렸다. 토요일 오후, 사람들로 빼곡한 지하철에서 몸이 흔들릴 때마다 내 턱에 정수리가 닿거나 이마를 찧어 가면서도 하던 말을 중단하지 않았다. 턱 밑으로 바짝 다가와 고개를 젖히고 입술을 달싹일 때마다 나는 눈을 어디에 두어야 할지 알 수 없었다. 그러다 갑자기 여긴 어디냐며 고개를 두리번거리면 긴 머리카락이 내 쇄골을 간질였다. 나도 모르게 손을 뻗어 머리카락을 만져 보고 싶은 충동에 손바닥에 땀이 찼지만 그녀는 자꾸만 여기저기 고개를 두리번거렸다.

그녀는 롤러스케이트를 탈 줄 몰랐다. 벤치에 앉혀 놓고 스케이트 끈부터 묶어 줘야 했다. 발목까지 분홍색 끈이 있는 운동화를 벗기자 조그만 발이 드러났다. 분홍색 양말에 감싸인 발은 정말 작았다. 인형처럼 조그만 발이 신기해서 나는 한참을 들여다보고 있었다. 뭐해? 그녀의 앙칼진 목소리가 아니었다면 천 년이라도 발만

들여다보고 싶었다. 바퀴 달린 건 자동차 빼곤 처음 탄다는 그녀의 손을 잡고 겨우 스케이트장 중앙으로 가는 동안 그녀는 몇 번이고 넘어졌다. 그때마다 슬며시 허리를 안아 일으키고 괜히 어깨를 오래 잡고 있었다. 그러다 한 곳에 그녀를 세워 두고 나는 본격적인 스케이팅 자세를 취했다. 사실은 스피드가 자신 있었지만 백스텝과 턴 동작으로 몸을 풀었다. 그녀가 환호해 주기를 기다리며 음악에 맞춰 유유히 몸을 돌리고 멋지게 착지를 했다. 다시 한번 난도가 높은 턴을 해 보이며 스케이트 앞축에 힘을 주고 착지를 했다. 나는 감동에 찬 박수 소리를 기대하며 그녀를 돌아보았다. 그런데 웬걸, 그녀는 웬 생양아치 같은 새끼에게 손을 잡힌 채 스텝을 배우고 있는 중이었다. 중심이 기울자 양아치의 허리를 붙들며 뭐가 그리 좋은지 까르르 웃기까지 했다.

나는 다짜고짜 그녀의 손을 낚아챘다. 손목이 아프다며 칭얼거렸지만 아랑곳하지 않고 벤치에 앉히고는 거칠게 운동화를 던져 주었다. 내 분위기가 심상치 않았던지 그녀는 눈치를 보면서 운동화를 갈아 신었다. 낑낑대가며 내가 묶어 준 끈을 간신히 풀고 스케이트를 벗자

앙증맞은 발이 또 보였다. 발을 보자 다시 손바닥 안에 땀이 찼다.

그날 집으로 돌아오는 길에 그녀는 아무 말도 하지 않았다. 새초롬하게 눈을 내리깔고 지하철 차창을 향해 돌아서 있었다. 나는 어찌해야 할지를 몰라 내내 그녀의 뒤통수만 바라봤다. 아까처럼 고개를 두리번거려 머리카락이 쇄골을 스쳐 주기를 기다렸지만 집에 들어설 때까지 그녀는 한 번도 나와 눈을 마주치지 않았다.

또 전화가 온다. 부사장이다. 나는 자발스럽게 울어대는 폰을 집어 들어 바닥에 내리쳐 버린다. 배터리가 튕겨 나와 발 아래로 떨어진다. 십이억 달러짜리 프로젝트를 맡긴 사업주는 회사에 대고 연일 강도 높은 컴플레인을 걸어 왔고, 회사는 나를 배임죄로 기소했다. 지금쯤 수배령이 내려졌을지도 모른다.

기술제안서를 제출하고 각 파트의 매니저들이 피티를 하는 동안 연신 고개를 끄덕이던 사업주는 태국의 왕족 출신이라고 했다. 사업주는 자주 술 한잔 하자는 말을 했었지만 나는 한 번도 그와 술자리에 동석하지 않았다.

한국과 다르지 않은 접대문화에 젖은 태국 사람을 상대하는 일이 내게는 늘 고역이었다. 주색잡기에 능하지 못한 나는 오로지 기술적 차별에 주력했다. 경쟁업체와 차별되는 공법에 포커스를 두고 피티를 하면 대체로 수주를 따낼 수 있었다. 그렇게 따낸 프로젝트가 진행 중에 중지되었으니 하루하루 지날수록 부서지는 돈은 상상 이상일 것이다.

부사장은 모든 게 불리하다며 빨리 그녀를 찾으라는 문자를 계속 보내왔다. 그녀를 찾아 제대로 진술을 받지 않으면 거액의 뇌물을 받고 잠적한 혐의를 고스란히 떠안아야 한다. 또 한 번 철렁 가슴이 내려앉는다. 그녀를 찾으면 해고에 그칠 것이고 운이 좋으면 호봉감면 선에서 마무리 될 수도 있다. 어쨌거나 회사로 볼 때는 나만큼 유능한 엔지니어링 매니저도 없을 테니까.

그녀를 찾아야 한다. 해고가 되든 횡령범이 되든 상관없지만, 지금 나는 너무도 그녀가 그립다. 다른 무엇보다 지금 이 순간, 나는 그녀의 체온이 너무도 간절하다. 그녀가 다시 한 번만 턱 아래로 파고들어 흰 팔로 내 목을 감아 주기만 한다면 다시는 내게서 떼어 놓지 않을 것이다. 조리돌림을 당하든 멍석말이를 당하든 이제 그녀의 손을 놓치는 일은 없을 것이다. 그녀를 처음 안았던 날 속다짐을 했던 말이 머릿속을 마구 헤집고 다닌다.

'죽어 유황지옥에 떨어져도 너를 놓지 않을 거야.'

소리 내어 말하지 않았지만 그 순간, 알아들었다는 듯 고개를 끄덕이며 그렁그렁 눈물이 맺히던 그녀. 그러면서 해면체처럼 빈틈없이 내 몸으로 파고들어 오자 세포 하나하나가 딸려 와 뒤엉키던 기억.

아, 지금 당장 그녀의 손길에 나를 맡기고 긴 잠을 잘 수만 있다면.

그녀와 다시 만난 건 이십 년이 훨씬 더 지나서였다. 물론 그 사이 누군가의 회갑연이나 초상을 치르면서 간간이 얼굴을 보기는 했지만 제대로 눈을 맞추고 얘기를 해 볼 기회는 없었다. 볼 때마다 그녀는 달라졌다. 작고 앙증맞은 운동화 대신 아찔한 하이힐을 신거나 노랗게 염색한 머리를 한껏 부풀린 모습. 어쩌면 인조 속눈썹 때문에 내게 눈을 맞추고 있었어도 알아차리지 못했을 수도 있다. 나는 친척들 사이에서 비음 섞인 그녀의 목소리가 들릴 때마다 길게 한숨을 쉬었다. 열아홉 그녀의 분홍 운동화가 그리워 빽 소리를 지르고도 싶었지만 나는 넥타이 매듭을 느슨히 하면서 그 자리를 나서곤 했다. 등 뒤에서 그녀 특유의 까르르 웃음소리가 쏟아질 때는 도로 들어가 손목을 낚아채 어디로든 떠나고 싶기도 했다. 하지만 나는 가만히 명치를 누르며 길게 심호흡을 하고는 그 자리를 떠났다.

치와와처럼 내 뒤를 따라다니던 열아홉의 그녀 모습을 더 이상 찾을 수 없을 무렵, 그녀의 결혼 소식이 들려왔다.

"콩이 고게 그렇게 야무지다니까. 자수성가한 사업가와 결혼한다는데 재산이 엄청나대. 상견례도 하기 전에 웬만한 집 전세 값이랑 맞먹는 밍크코트부터 장모 될 사람한테 선물하더라는 거 아니니. 이모는 지금 여기저기 사위 자랑하고 다니느라 정신이 하나도 없더라."

엄마는 그녀의 결혼 소식을 알리며 또 높은 소리로 웃었다. 그 후부터 나는 친척들이 모이는 곳을 되도록 피해 다녔다. 여배우처럼 선글라스를 끼고 외제차를 타고 나타나더라느니. 유럽이며 홍콩이며 해외를 다니면서 명품 쇼핑하느라 바쁘더라느니. 그녀 소식이 들려올 때마다, 쉬지 않고 재잘대던 목소리와 분홍 운동화가 떠올랐지만 슬그머니 색이 바래 가고 있었다. 그러다 어느 날 명치에 얹혀 있던 운동화 대신 또각또각 구두 소리를 내던 여직원과 결혼을 했다.

대기업 H그룹에 입사를 하고 혹독한 수련기간을 거쳐 설계공정 엔지니어로 인정을 받던 무렵이었다. 일에 재미를 붙여 가면서 고속승진을 거듭하는 동안에도 간혹 그녀가 그리워 명치끝을 눌러야 했지만 나는 여드름 투성이 고등학생이 아니었다. 이제 그녀는 자수성가한 사업가의 아내가 되어 어느 곳에선가 그 쉬지 않는 재잘거림을 계속하고 있겠거니, 그렇게 세월이 흘렀다. 결혼을 하고 시간이 지나면서 분홍색 운동화도 그녀도 그렇게 세월에 묻혀 갔다.

이른 출근을 해 일정을 정리하고 팀 미팅을 하고 나오자마자, 느닷없이 부산의 결혼식에 다녀오라는 엄마의 전화를 받았다. 몇 년 동안 곗돈을 부어 가는 해외여행과 외삼촌네 결혼식이 겹치는데 엄마 대신 다녀오라는 것이다. 외가지만 사촌 결혼식인데 안 갈 수는 없다며 엄마는 대답도 듣지 않고 전화를 끊었다. 부산……. 명치가 묵직했다. 그날부터 결혼식이 있는 날까지 수시로 명치끝이 찌르르 아팠다. 오래전에 잊은 줄 알았던 운동화의 분홍색이 선명히 살아나 자꾸만 명치를 찔러 댔다.

거울을 보며 정성스럽게 넥타이를 매고 부산행 기차에 몸을 실었다. 기차가 터널을 지나가자 차창에 내 얼굴이 비친다. 검은 차창에 비치는 희끗한 머리색이 도드라진다. 볼살이 빠진 자리에는 세로로 긴 주름이 새겨져 있고 노안이 시작된 눈은 총기를 잃은 채 우멍하게 나를 바라보고 있다. 웃음을 지어 보려 했지만 표정을 잃은 지 오랜 내 얼굴에는 세월의 더께만 가득했다. 물기라곤 없이 삭막하게 살아온 시간들이었다. 남들보다 빠른 진급을 하기 위해서는 일상이 전쟁이었고, 하루하루 사막을 건너듯 고독하던 세월.

언젠가 그녀가 집에 머무르던 일주일 중의 어느 날, 함께 보았던 티브이 프로그램이 떠오른다. 아직 명맥을 유지하고 있는 실크로드를 따라 걸어가던 사람들. 그들의 머리 위에는 오로지 이글거리는 태양만 있을 뿐, 그늘을 만들어 줄 것이라고는 바늘 하나 서 있지 않던 막막한 모래 언덕. 실크로드를 따라 낙타에 물건을 싣고 묵묵히 걷는 대상 행렬을 화면으로 보면서 그녀가 말했다.

"저 길에 핑크빛 카펫을 깔아 주고 싶어. 이름만 근사한 실크로드, 핑크 카펫을 깔아 줄 수만 있다면 핑크로드가 될 텐데. 까르르."

그 순간 내 눈에는 모래에 발등을 묻으며 묵묵히 걷고 있던 그들의 표정에 촉촉한 물기가 도는 게 보였다. 등에 짐을 잔뜩 짊어진 낙타도 그 순간 고개를 들며 생기를 뿜어 냈다. 그녀의 말 한 마디에 사막이 핑크빛으로 변하던 환상. 그녀와 나란히 어깨를 붙이고 앉아 티브이를 보던 열여덟의 나는, 그녀가 가는 길은 무조건 핑크로드일 줄 알았다. 그때 나는, 우리 앞에 펼쳐질 사막에 대해 알지 못했고 언제까지고 그녀와 어깨를 붙인 채 티브이를 볼 수 있을 거라 생각했다.

하지만 차창에 비친 내 모습은 그녀와 일주일을 보내던 열여덟으로부터 너무 멀리 와 있다. 그녀는 어떤 모습일까. 갸우뚱 고개를 숙이고 나를 쳐다보던 모습부터 내 쇄골에 와 닿던 머리카락의 감촉, 웃을 때마다 한쪽

볼에 패던 보조개, 그리고 짙은 인조 속눈썹과 하이힐, 파노라마처럼 그녀의 모습이 떠올랐다. 서울에서 부산까지 가는 내내 설렘인지 원망인지 그리움인지 모를 감정이 뒤섞여 자꾸만 손에 땀이 찼다.

결혼식장으로 들어서자 여지저기 아는 얼굴들이 보였다. 손을 내밀어 악수를 하거나 의례적인 근황을 묻고 때로 깍듯이 머리를 숙여가며 인사를 하면서도 내 눈은 바쁘게 그녀를 찾고 있었다.

오지 않은 걸까? 재력가의 아내로 친척들 사이에서 입소문을 타던 그녀 소식이 언젠가부터 뚝 끊기더니 아예 어디에도 나타나지 않는다던 말을 들은 지도 한참이 지났다. 허영기 많은 이모는 그녀에 대해 입을 다물었고 친척들은 얼마 지나지 않아 그녀와 이모에 대한 이야기를 더 이상 하지 않았다. 그 무렵 간암 진단을 받은 이모는 친척들이 모이는 자리에 나오지 않았다. 사람이란 때론 누군가의 성공보다는 몰락을 더 자주 이야기하고, 자주 이야기한 만큼 빠르게 잊는다. 이모도 그녀도 처음부터 없던 사람들처럼 슬그머니 잊히고 있었다.

"오랜만이네"

바람 한 줄기가 귓가를 스쳤다. 그 목소리를 향해 천천히 몸을 돌리면서 명치를 꾹 눌렀다. 핏기 없는 얼굴과 지친 표정의 그녀가 거기 있었다. 소문처럼 화려하지도 천박하지도 않았다. 먼 길을 걸어온 사람처럼 고단해 보이기만 했다. 열아홉의 그 발랄했던 모습 대신 손쓸 수 없는 무력감 같은 것이 어깨며 머리 위에 내려앉아 있었다. 나는 다시 한 번 명치를 눌렀다.

그녀는 누구의 눈에도 띄지 않으려고 작정을 한 사람처럼 어깨를 움츠리고 조붓하게 움직였다. 눈을 떼지 않고 주시하고 있는 동안 그녀는 제대로 얼굴 한 번 들지 않았다. 그러다 사촌의 결혼식이 끝나기도 전에 그녀는 식장을 빠져나갔다. 나는 아직도 눈도장을 찍어야 할 친척들이 많았지만 그녀의 뒤를 따라 나갔다. 그녀는 의외라는 듯 흘깃 나를 돌아봤다.

"부산까지 왔는데 이모 뵙고 가려구".

나는 그렇게 얼버무리며 그녀를 막아섰다. 그녀가 나를 올려다봤다. 무력하고 슬픈 눈. 웅숭깊은 곳에서 배어나는 슬픔이 고스란히 전해졌다. 그녀의 몸 어디라도 손이 닿으면 쨍하고 금이 가면서 물이 줄줄 흐를 것만 같았다. 마음이 아려 왔다. 눈물로 채워진 유리인형을 보는 것만 같았다. 어린 날, 치와와처럼 집 안 여기저기를 휘젓고 다니며 까르르 높은 소리로 웃던 그녀의 모습은 어디로 간 걸까.

이모 집으로 들어서자 집 안 가득 한기가 느껴진다. 간암 선고를 받은 지 한참이 지난 이모는 한눈에도 병색이 완연했다. 그녀는 이모를 부축해 겨우 소파에 앉히고 인스턴트 커피 한 잔을 내왔다. 모든 게 귀찮으니 빨리 돌아가 줬으면 하는 기색이 역력했다. 그녀는 분주했다. 급하게 데워 온 미음을 떠넘기는 이모의 입가를 닦아 가며 집 안 여기저기를 치웠다. 어린 날, 엄마와 함께 다니러오던 예전의 이모네가 아니었다. 세월의 풍상만이 아닌 거센 파도의 상흔을 고스란히 드러낸 이모 집은 흉사폐가 같았다.

"누나, 잠시라도 좀 앉지 그래?"

분주히 오가는 그녀에게 눈을 고정하고 내가 말했다.

"내가 좀 정신없이 굴지?"

그녀는 그제서야 나를 향해 겸연쩍게 웃는다. 눈가에 잔주름 한 가닥이 접힌다. 그리고 그녀의 발이 보인다.

통통거리며 집 안을 뛰어다니던 작고 예뻤던 발, 운동화를 벗기자 그림책 삽화처럼 쏙 드러나던 발. 그녀의 발을 보자 갑자기 손안에 땀이 찬다.

그녀가 일주일을 머물고 떠나기 전날 밤, 나는 현관에 쪼그리고 앉아 그녀의 운동화를 보고 있었다. 발목까지 가지런히 묶여 있는 분홍색 끈을 만지작거리며 오래도록 그녀를 그리워하게 되리란 생각을 하면서 새벽까지 그렇게 앉아 있었다. 그리고 생각보다 그리움은 오래 계속되었다.

나는 명함을 꺼내 그녀에게 건넸다. 누나, 서울 올 일 있으면 연락해. 그녀는 명함을 보는 둥 마는 둥 지갑에 넣으며 그러마고 한다. 쫓기는 사람처럼 불안해 보였다. 그러면서 무안했던지 눈을 가늘게 뜨며 웃는다. 열여덟 이후 멍든 듯 아파 오는 명치를 누르게 했던 그 웃음이다.

나는 아무렇게나 던져져 있는 폰을 집어 들어 배터리를 끼운다. 전원이 들어오자 폰은 쉬지 않고 온몸을 떨어댄다. 폰이 꺼져 있는 동안 속사포를 쏘듯 나를 찾았을 사람들, 다시 한번 견디기 힘든 불안이 엄습해 온다. 나는 폰을 집어 들고 몇 개의 숫자를 누른다. 근처 부동

산에서 알아낸 원룸의 집주인 번호였다. 두어 번의 신호음 끝에 전화를 받은 집주인은 언성부터 높였다. 걸려 있는 전세 보증금보다 밀린 월세가 많으니 당장 짐을 빼라며 소리를 질러 댔다. 당장 짐을 빼지 않으면 내일이라도 문을 부수고 짐을 처리할 테니 알아서 하라며 전화를 끊어 버린다. 회사 일을 팽개치고 그녀를 찾아 부산으로 와 있는 사흘 동안 계속 반복되고 있는 일이다. 그녀에게서 연락이 있는지는 물을 겨를도 없이 전화가 끊겼다.

나는 길게 한숨을 쉬었다. 도대체 어디서부터 그녀를 찾아야 할까.

부산의 결혼식에 다녀온 후 그녀를 떠올리는 날이 더 잦아졌다. 딱히 그리움도 아니고 설렘도 아니고 아쉬움도 아닌 감정들에 휘둘려 손에 일이 잡히질 않았다. 만성 소화불량 환자처럼 명치를 지그시 누르고 있다 보면 작은 발에 커다란 신발을 질질 끌며 어디론가 하염없이 가고 있는, 나이를 알 수 없는 그녀의 뒷모습이 연상되곤 했다. 언젠가 함께 보았던 티브이 프로그램의 한 장면처럼 그녀가 고개를 숙인 채 묵묵히 사막을 가로지르고 있는 것 같았다. 급박하게 돌아가는 업무 중에도 쫓기는 듯 불안하고 바빠 보이던 그녀가 떠올라 우울했다. 그녀가 가는 길에 핑크색 카펫을 깔아 주고 싶다는 상념으로 하염없이 일손을 놓고 있기도 했다.

배관설계팀을 불러 자제물품을 확인하고 있는데 전화벨이 울렸다. 설계와 다른 배관자제가 납품돼 회의를 소집했지만 선임 엔지니어의 명쾌한 해명이 없어 잔뜩 열을 받은 참이었다. 전화벨은 조용히, 하지만 집요하게 울어 댔다. 마치 지금 받지 않으면 꿈속까지라도 따라가 울리겠다는 기세로 끊겼다 이어지기를 반복하며 전화벨이 울렸다. 오늘 안에 보고서를 작성하라는 말을 끝으로 회의를 마치고 폰을 집어 들었다. 폰 속에서는 희미한 한숨 소리가 흘러나왔다. 흡사 죽음 직전 마지막으로 들이마신 숨을 천천히 내뱉듯 체념적인 한숨. 나는 직감적으로 그녀라는 걸 알았다. 여보세요, 내가 다급하게 외치자 잠깐의 침묵이 이어졌다. 급하게 호흡을 고르고 나서 다시 한 번 여보세요, 라고 하자 그녀의 목소리가 들려왔다.

"안녕? 오랜만이네. 나 서울에 볼일이 있어 왔는데, 명함을 보니까 마침 너 다니는 회사 근처라 전화를 해 봤어. 바쁘니?"

그녀의 목소리는 의외로 쾌활했다. 시간을 거슬러 이십 년 전으로 돌아간 듯 비음 섞인 하이 톤의 목소리가 귓속으로 파고들었다. 순간, 묵직한 뭔가가 슬그머니 또 명치에 매달린다.

회사 앞 레스토랑으로 들어서자 긴 머리를 치렁하게 늘어뜨린 여자의 뒷모습이 보인다. 한 손으로 턱을 괴고 창밖을 보고 있는 그녀의 실루엣, 갸우뚱 기울인 고개의 각도와 비스듬히 보이는 갸름한 턱선. 중년에 접어들었지만 열아홉의 그녀가 고스란히 남아 있다. 내가 다가가자 한 손을 들어 요란스럽게 흔든다. 어, 왔어? 벌써 퇴근이야? 이 시각에 퇴근해도 안 잘려? 까르르. 열아홉의 쾌활함도 그대로다. 슬그머니 내 입가에 미소가 번졌다. 얼마 전 결혼식에서 본 모습이 잠시 스쳤지만 이십 년 전으로 돌아간 듯 마음속에 비눗방울이 뽀그르 솟아올랐다. 그녀는 한 손으로 턱을 괸 채로 가만히 눈을 맞추며 천천히 웃었다. 손목 안쪽에 도드라지는 푸른 색 혈관을 보자 또 숨이 컥 막혀 온다.

그녀가 일주일을 머물고 떠나기 전날, 현관에 쭈그리고 앉아 오래 운동화를 보고 있던 그 밤, 나는 기어이 그녀가 자는 방의 문을 열었다. 딱히 어쩌겠다는 작정이 있었던 건 아니었다. 다만 내일이면 그녀가 간다는, 학원에서 돌아와도 그녀의 재잘거림을 들을 수 없다는 상실감에 뭘 어찌해야 할지를 몰랐을 뿐이다. 그녀는 고른 숨소리를 내며 깊이 잠들어 있었다. 최대한 소리를 죽이며 그녀 옆에 누웠다. 이마를 덮고 있는 머리카락을 쓸어올려 주고 싶었지만 그럴 수가 없었다. 바로 옆에 있어도 도저히 닿을 수 없는 거리. 눈물 한 방울이 똑 흘렀다. 그러자 신기하게도 그녀가 나를 향해 돌아누웠다. 꿈이라도 꾸는 건지 미간에 살짝 주름이 잡히는가 싶더니 그녀가 한쪽 팔을 내 얼굴 위로 올렸다. 바로 내 눈앞에 그녀의 희고 가는 팔목이 보였다. 그리고 파랗게 도드라지던 혈관. 나도 모르게 그녀의 팔목에 입술을 댔다. 뜨거운 내 입술을 타고 혈관의 팔딱임이 전해지는 것 같았다. 그 순간 생각했다. 언제 어디서든 나는 너의

핏줄을 타고 흐를 거야.

그녀와 식사를 하는 일은 유쾌했다. 공대를 졸업하고 바로 취업을 한 후 줄곧 엔지니어로 살아온 나로서는, 명품을 둘러싼 비하인드 스토리나 지금의 패션 트렌드가 등장하게 된 사회심리 같은 얘기들이 신기하기만 했다. 그녀는 지루해질 틈을 주지 않고 화제를 바꾸는 능력이 있었고, 수화를 하듯 현란한 손동작은 이야기에 쉽게 몰입시켰다.

"샤넬을 좋아하는 사람은 말이야, 그녀의 무의식에 압도되는 건지도 몰라. 가브리엘 코코 샤넬은 한번도 누군가의 공식적인 아내가 되어 본 적은 없지만 늘 누군가와 사랑을 했지. 하지만 언제나 숨겨진 여자로 산다는 건 무의식적으로 자기를 각인시켜야 한다는 강박이 생길 수도 있는 거 아니겠어? 그래서 지금은 한물간 샤넬 파이브를 아직도 쓴다면 콤플렉스가 많은 사람이 분명해. 자기를 내세우고 싶어 그런 거니까."

와인 잔을 부딪쳐 오며 그렇게 말하는 그녀의 입술이 핏빛으로 붉었다. 정신을 차릴 수가 없었다. 샤넬이 혹시 누나 친구야, 얼떨결에 그렇게 물을 뻔했다. 분명 어디선가 전해 들은 이야기일 텐데도 마치 직접 겪은 듯 단정적인 그녀의 화법은 그만큼 듣는 사람을 의심하지 않게 만들었다. 이십 년 전이나 지금이나 쉬지 않고 얘기를 하는 버릇은 여전했고 그런 모습이 사랑스러운 것도 여전했다. 그녀가 잔을 부딪쳐 오는 횟수가 잦아지면서 빠르게 취기가 올랐지만 마음속에선 비눗방울이 자꾸만 방글방글 피어올랐다.

그녀는 그렇게 느닷없이 또 한 번 내 인생으로 뛰어들었다. 무방비로 맞을 수밖에 없는 소나기처럼, 갑자기 횡단보도로 달려드는 트럭을 피할 수 없는 것처럼 처음부터 저항이란 불가능했다. 그리고 아프리카부터 시베리아까지 건축현장을 돌아야 했던 내 일상의 팍팍함이 불쑥 나타난 그녀로 인해 귀퉁이부터 조금씩 촉촉해지고 있었다. 그녀를 다시 만난 뒤부터 이유도 없이 실실 웃음을 흘리고 다녔다. 내 앞에 놓여 있던 거친 사막 한가운데로 핑크빛 카펫이 드리워진 기분이었다. 엄마와 통화할 일이 있거나 아내의 무릎을 베고 누운 밤엔 왠지 마음이 편치 않아 자꾸만 몸을 뒤척이기도 했지만 와인에 젖어 촉촉해진 입술로 까르르 소리를 내며 웃던 그녀를 떠올리면 나도 모르게 호흡이 거칠어졌다.

그녀에게서 다시 전화가 온 건 정확히 이 주가 지나서였다. 이 주일……. 사랑에 빠진 사람이라면 시간의 마법을 안다. 만나고 나서 헤어진 뒤 이삼 일은 정신을 차릴 수 없이 신기하고 그 후 이삼 일은 조금씩 그리워진다. 그리움이 절정에 달하면 조금씩 포기를 하게 되고 체념의 마지막 순간에 참을 수 없는 그리움으로 몸살을 앓기까지의 딱 그 시간이 내게는 이 주일이었다. 사촌이라는 계급장을 뗀다 하더라도 내가 그녀를 그리워해서는 안 되는 거였기에 신기함과 그리움과 체념을 거치는 그 이 주일의 시간이 내게는 영원이었다.

이 주일만에 전화를 하고 찾아온 그녀를 차 옆자리에 태우면서 온몸이 뻐근해 왔다. 무슨 일로 왔는지는 하나도 중요하지 않았다. 어디를 갈 것이며 또 언제 돌아갈 건지도 중요하지 않았다. 도시의 스카이라인에는 오렌지빛 해가 기울고 있었고 그 따스한 색감이 그녀의 뺨을 물들이고 있다는 것 외에는 아무 생각도 할 수 없었다. 불과 몇 센티 옆에 그녀가 있다는 게 믿어지지 않아 자꾸만 고개를 돌려 그녀를 쳐다봤다. 열아홉은 분명 아닌데 내게는 아직도 분홍 운동화를 신은 그녀가 보였다. 마흔이 넘은 나이와 걸맞지 않게 치마가 짧고 화장이 좀 짙기는 했지만 나이를 가늠할 수 없는 외모가 신기하기만 했다. 꿈틀, 명치에서 또 뭔가가 움직인다.

"이 음악 생각나?"

도심의 야경이 유리창 가득 펼쳐지는 레스토랑의 창가에 자리를 잡자마자 그녀가 말했다. 그녀는 지금부터 또 쉬지 않고 이야기를 하기 시작할 것이다. 비눗방울이 눈앞으로 뽀글뽀글 올라오기 시작하면서 내 입꼬리가 저절로 올라간다. 어떤 이야기를 하든 조그만 입술을 달싹이고 있는 그녀를 보고 있는 것만으로도 나는 행복했다.

"이십 년 전, 내가 너네 집에 가 있던 일주일 말이야. 그때 네가 종로에서 나한테 사 준 카세트테이프 있잖아? 난 그때 클래식이란 건 음악책에나 나오는 거라 생각했어. 정말 그런 음악을 시간 내서 듣는 사람이 있다는 걸 처음 알았다니까. 특히나 고3이 음악이나 듣고 있다니. 맙소사! 그러면서도 그 좋은 대학을 간 거 보면 넌 분명 외계인이야. 너 건전지 먹고 살지? 등 뒤에 안테나 있지? 너. 까르르."

그녀는 한바탕 웃음을 쏟아 내더니 웃음소리가 채 멎기도 전에 말을 이었다.

"암튼 내가 부산으로 돌아가고 나서도 모차르트 피아노협주곡 21번, 테이프가 늘어지도록 그걸 들었다는 거 아니니. 너 때문에 내가 모차르트 완전 마니아 됐다니까. 까르르 까르르."

나는 와인 한 모금을 마신다. 그녀도 나를 잊지 않고 있었구나. 모차르트를 들으며 나를 떠올렸구나. 같은 하늘 아래 같은 공기를 마시고 있다는 걸 너도 잊지는 않았구나. 왈칵 그녀를 껴안아 버리고 싶다.

모차르트 피아노협주곡 21번. 서커스에서 외줄타기를 하는 소녀를 사랑했던 영국 장교가 소녀와 함께 끝없이 사랑의 도피를 하던 영화 〈알비라 마디건〉의 배경음악. 보수적이고 배타적인 영국의 귀족 사회에서 서커스의 소녀를 사랑하게 된 청년은 그로 인해 끝없이 낭떠러지로 몰려야 했고, 결국은 피크닉 가방 속에 샌드위치와 와인, 그리고 권총을 숨겨 숲으로 피크닉을 가던 남녀.

서로 몸을 기대거나 무릎을 베고 누워 행복하게 오후를 보내고 나서 이어지던 갑작스러운 두 발의 총성. 그들이 들어간 숲을 오래 보여 주다 영화는 끝이 났다. 나는 지금 그녀가 말하는 음악이 그 영화의 주제곡이었다는 걸 기어이 말하지 않는다. 그런 새드 엔딩의 영화는 입에 올리고 싶지 않다. 그랬어? 하며 무심한 척 잔을 부딪칠 뿐이다.

와인 두 병이 비어 갈 즈음, 그녀의 말이 느려지기 시작했다. 토박이 서울억양을 흉내 내던 어투에 부산 사투리가 자주 섞였다. 눈가가 붉어지면서 곧추세우고 있던 앉음새도 흐트러졌다. 턱을 괴고 있던 팔목 안쪽 혈관도 더욱 도드라지는 것 같았다. 나도 모르게 자꾸 숨을 할딱거렸다. 그녀도 더운 숨결을 고르며 손부채질을 했다. 한동안 침묵이 이어졌다. 그녀가 별안간 화장실에 간다며 일어섰다. 불안한 정적이 더 이어지지 않아 다행이었다. 그런데 의자를 뒤로 밀며 일어서던 그녀가 잠시 비틀거리는가 싶더니 도로 자리에 푹 주저앉아 버린다. 그러면서 중얼거린다.

"우씨, 벌써 술이 돼버렸네. 씨팔"

그녀의 입에서 느닷없이 욕이 튀어나왔다. 나는 짐짓 못들은 척했지만 당황함을 숨기기가 힘들다. 설마, 잘못 들은 거겠지.

"누나, 그만 마시고 나가는 게 좋겠어."

그녀는 늘어진 몸을 내게 기댔다. 한 팔로 그녀의 허리를 안고 레스토랑을 나오면서 어금니에 힘을 주고 말했다.

"그런데 숙소는…… 정했어?"

그날 밤, 쉴 새 없이 차 소리가 들리는 모텔 방에서 나는 기어이 그녀를 안았다. 파랗게 핏줄이 도드라지는 그녀의 팔목을 물어뜯어 가며 거칠게 그녀를 헤집고 들어갔다. 내 속에 낯선 짐승 한 마리가 도사리고 있다가 포효를 하면서 그녀를 향해 돌진했다. 그녀는 순하게 안겨 왔다. 정해진 수순이었다는 듯 눈을 꼭 감은 채 내 움직임을 받아들이면서 낮은 신음 소리를 냈다. 그녀의 몸속에 숨어 있던 수만 송이의 꽃들이 봉우리를 터트리며 길을 열어 주었다. 나는 열여덟부터 늘 꿈꾸어 오던 그 길을 한달음에 달려가고 있었다. 그녀를 침대 모서리에 밀어붙이고 온몸을 옥죄다 어느 순간 울컥 사정을 했다.

사정과 동시에 눈물이 흘렀다. 이러면 안 되는데, 정말 이러면 안 되는 거였는데. 그녀에게서 몸을 떼고 돌아눕자 그녀가 뒤에서 나를 안으며 말했다.

"괜찮아. 미안해하지도 두려워하지도 마. 어차피 인간이란 게 그렇게 완벽하지 않아. 나 다 알아. 어릴 때부터 너 나 많이 좋아했잖아. 사촌이든 뭐든 나를 이렇게 좋아한다는 것만 생각할게. 지금 네가 내 옆에 있다는 이것만."

그녀의 목소리도 떨렸다. 그녀도 눈물을 흘리는 모양이다. 아, 나는 이제 어떡해야 하는가. 그녀를 향해 몸을 돌리지도 못한 채 나는 소리 없이 울었다. 분노한 엄마와 이모의 얼굴이 스쳐 지나가고 지옥의 유황 불구덩이가 눈앞에서 타올랐다. 내가 내 몸에 사슬을 묶고 형장을 향해 가고 있구나. 하지만 나는 지금 숨을 쉬고 있고 그녀가 내 품에 있지 않은가. 누가 뭐라 하든 한 가지 분명한 건 그녀를 품에서 떼어 놓는 순간, 곧바로 내 숨은 멎고 만다는 거. 어떤 일이 있어도 그녀를 잃을 수는 없다는 거. 이제 결코 그녀 없이는 살아낼 수 없다는 거.

"조리돌림을 당하든 멍석말이를 당하든 나는 너를 포

기할 수는 없어.”

나는 몸을 돌려 있는 힘을 다해 그녀를 끌어안았다.

어떻게 잠이 든 걸까. 미친 듯이 울려대는 전화벨 소리에 몸을 일으킨다. 모텔의 창 안으로 햇볕이 쏟아지는 걸로 봐서 한낮인 모양이다. 함부로 뒹굴고 있는 소주병 사이에서 폰을 찾아내 전화를 받는다. 원룸의 주인이다.

“긴말 필요 없고, 지금 바로 원룸 도어록 해체하고 짐 빼서 골목에 쌓아 놓을 테니 알아서 하시우.”

나는 절박하게 전화기에 매달리며 딱 하루만 더 기다려 달라며 사정을 한다. 많이도 말고 딱 하루만. 하루……. 그 하루의 시간으로 나는 무엇을 할 수 있을 것인가. 지난 사흘 동안 내가 한 일이라곤 그녀의 원룸 앞에 우두커니 있다가 경찰에 실종신고를 하고 다시 원룸 앞을 서성이다 모텔로 돌아와 술을 마신 게 다였다. 기껏 하루의 시간을 벌어 내가 할 수 있는 일이 뭐란 말인가. 벽에 머리를 찧으며 나도 모르게 욕이 튀어나온다.

“씨팔”

언젠가 그녀 입에서 느닷없이 튀어나왔던 욕을 이제

내가 하고 있다.

이모가 돌아가시고 난 뒤 아무도 그녀의 행적을 알지 못했다. 찾아가 볼 만한 친구를 알고 있는 것도 아니고 그녀가 무슨 일을 하는지도 몰랐다. 나는 그녀에 대해 아는 게 없었다. 뭘 하면서 사는지, 생활비는 어떻게 충당하는지. 나는 다시 벽에 머리를 찧는다.

그녀와 처음으로 밤을 보내고 난 다음 날 아침, 아직 어둠이 가시지 않은 고속버스터미널에 그녀를 내려 줄 때까지 나는 아무 말도 하지 못했다. 그녀 역시 고개를 숙인 채 말이 없었다. 화장이 지워진 그녀는 하룻밤 사이 부쩍 나이 들어 보였다. 발그레 붉어지던 뺨은 옴폭 꺼져 있었고 갸우뚱 기울인 고개 아래 목주름이 깊었다. 거기에 어울리지 않는 미니스커트와 펄이 잔뜩 들어간 매니큐어. 종잡을 수 없는 그녀 모습에 가슴이 아렸다. 여전히 아무 말도 못한 채 그녀의 손을 잡았다. 차고 메마른 손이었다. 온기라고는 없이 거기 붙어 있어야 하니까 있는 거라는 듯 무심한 손. 그 손에서 말할 수 없는 신산함이 전해져 왔다.

꼭 일주일이 지난 주말 나는 기어이 부산행 기차를 탔다. 그녀를 보낸 그 아침 이후 제대로 자지도 먹지도 못해 퀭해진 눈을 하고 무작정 부산으로 향했다. 그녀는 미안해하지도 말고 두려워하지도 말라 했지만 나는 그저 미안하고 두려웠다. 아니 사실은 그 무엇보다 그녀가 보고 싶어 견딜 수가 없었다. 내 속에 벌건 숯덩이가 타고 있어 도저히 그냥 있을 수가 없었다.

몇 번이나 폰을 열었다 닫기를 반복하다 조심스럽게 전화를 했다. 부산으로 가고 있다는 말을 하자 그녀의 목소리가 단번에 한 옥타브 올라갔다.

"그래? 미리 좀 말해 주지. 지금 내 꼴이 말이 아니구만. 빨리 준비해서 마중 나갈게."

지치고 늙어 보이던 그 아침의 모습 대신 발랄한 그녀로 다시 돌아가 있었다. 비음이 많이 섞이는 그녀 목소리를 듣자 가슴이 마구 뛰기 시작했다. 지금까지의 고민이 무색할 만큼 설레고 기쁘기만 했다. 곧 그녀를 본다 생각하자 숨이 가빠지면서 명치끝에서 꿈틀, 뭔가가 또 움직였다.

그녀가 나를 데리고 간 곳은 바닷가 원룸이었다. 아무

리 부산이라지만 그렇게 소박한 바다가 있는 줄은 몰랐다. 모래사장 위에는 갈매기 떼가 내려앉아 연신 부리로 모래를 쪼아대고 있었고, 햇살을 받아 일렁이는 바다는 금빛이었다. 웨딩드레스의 레이스처럼 희고 화려한 포말이 연신 밀려오는 바닷자락 한쪽에 그녀의 원룸이 있었다.

"나 이렇게 살아. 이혼한 지는 오 년쯤 됐어. 두 아들이 있는데 아빠랑 살아. 가끔 만날 때마다 애들은 점점 남이 되어 가는 거 같네."

그러면서 도어록의 숫자들을 꾹꾹 눌러 문을 열자 펼쳐지던 그녀의 방. 내가 찾아간 그 날짜로 비밀번호를 변경하던 긴 손가락 끝에서 새롭게 태어나던 공간 하나. 그녀가 팔을 휘두르는 곳마다 쪼로롱 소리를 내며 분홍으로 변하는 마법 같던 세상. 침실 문을 열고 분홍색 베드스프레드가 깔린 침대를 보자마자 나도 모르게 그녀를 침대에 쓰러뜨리고 말았다. 이러려고 온 건 아닌데 나도 어쩔 수 없었다. 때로 몸은 생각을 배신하고 주인이 되기도 한다. 미안할 것도 두려울 것도 없이 몸이 이끄는 대로 내가 딸려 갔다. 벌겋게 달궈진 숯덩이는 이미 짐승으로 변해 있었다. 내 속에서 튀어나온 짐승을 그녀는 또 한번 순하게 받아 냈다. 온몸이 미끄덩한 땀범벅이 된 뒤에야 그녀의 몸에서 떨어져 나오자 그녀는 참았던 숨을 길게 내쉬며 말했다.

"나 잡아먹히는 줄 알았네."

내 품으로 파고들며 까르르 웃는 그녀는 감미로웠다. 이미 성욕도 정력도 다 소진했지만 착 감겨 오는 그녀의 몸은 말할 수 없이 감미로웠다. 얼굴을 보고 싶어 몸을 떼면 내 목을 더 꼭 끌어안으며 파고들었다. 몸 어딘가에 흡반이라도 감추고 있는 듯 그녀의 팔에 목이 한번 감기자 떨어질 수가 없었다. 씻지도 않았고 제대로 먹지도 않았다. 그녀가 커피를 내오는 그 잠깐의 시간도 아까워하며 침대로 끌고 갔다. 그녀 말대로 잡아먹을 듯 집요하게 몸을 헤집고 다니는 동안 주말과 휴일이 훌쩍 지났다.

"어느 땐가는 순수혈통을 지킨답시고 철저히 족내혼만 했대. 클레오파트라만 하더라도 남동생과 정혼한 상태였지만 나라의 안위를 위해 로마의 실세에게 빌붙어야 했지. 언제부터 사람이 사람에게 근친상간이니 뭐니

돌팔매를 하게 된 건지는 모르지만 가진 자들 편한 대로 세상이 움직이는 건 옛날이나 지금이나 마찬가진가 봐."

그러면서 그녀는 또 까르르 웃었다. 그 웃음소리와 함께 주말을 보내고 나는 흐느적흐느적 집으로 돌아갔다.

전봇대에 아무렇게나 붙어 있던 '열쇠전문'스티커의 번호로 전화를 하자마자 오토바이를 탄 남자가 왔다. 셔츠 앞섶으로 언뜻 드러나는 문신과 목 둘레를 굵게 감은 금목걸이, 이력을 알 수는 없지만 꽤나 신산하게 살아온 세월이 보이는 남자였다. 남자가 눈 한번 맞추지 않고 도어록 해체작업을 하는 동안 나는 줄담배를 피웠다. 도어록을 떼어내자 휑한 구멍이 남는다. 그 구멍 사이로 스르륵 뭔가가 빠져나가는 게 눈에 보이는 것만 같다.

사라져 버린 그녀를 찾아 부산으로 온 첫날, 이렇게 사람을 불러 도어록을 떼어내고 저 문을 열 수도 있었다. 어제도 그제도 마찬가지였다. 하지만 그럴 수가 없었다. 금방이라도 많이 기다렸지, 그렇게 숨을 몰아쉬며 그녀가 돌아와 문을 열어젖힐 것 같아서였다. 지금 이 순간 어디 가까운 목욕탕에라도 갔다 온 듯 그녀가 나타나 준다면 얼마나 좋을까. 불현듯 그녀가 그리워 미칠 것만 같다. 내 속에는 아직도 숯 덩어리가 이글거리는데 그녀는 도대체 어디로 숨은 걸까.

문을 바라본다. 세로로 길게 구멍이 나 있는 문. 내 몸 어딘가에도 저렇게 커다란 틈이 벌어져 있어 자꾸만 찬 바람이 들어오는 것 같다. 문을 열자 희미한 포프리향이 떠돈다. 먼지 냄새 같기도 하고 눈물 냄새 같기도 하다. 분홍 꽃무늬 이불을 들추고 침대 위에 누워 눈을 감는다. 그녀가 없는 침대는 썰렁하다. 어깨까지 이불을 끌어올려도 한기가 쉬 잦아들 것 같지 않다.

그녀가 침대 맡에 앉아 내 손톱을 다듬던 모습이 떠오른다. 그녀는 수건을 깔고 그 위에 내 손을 얹고는 사르락사르락 소리를 내며 내 손톱을 갈아 냈다. 되도록 오래 그 편안함을 느끼고 싶어 잠들지 않고 버티려 했지만 열 개 손가락 중 세 개를 다듬기도 전에 나는 잠이 들곤 했다. 한참이 지나 손바닥을 꾹꾹 눌러 지압을 할 때쯤 기분 좋은 통증에 잠을 깨며 다시 그녀를 안고 뒹굴던 시간. 그때로 돌아갈 수는 없는 걸까. 그녀의 침대에 누워 그녀의 이불을 덮고 있지만 지금 여기엔 그녀가 없다.

한동안 주말마다 출장을 핑계 대고 그녀의 원룸으로 갔다. 아내는 한 번의 의심도 없이 다린 셔츠를 내주며, 당신 피곤해서 어떡해? 심상한 목소리로 말했다. 그러게 말이야. 아내의 눈길을 피하며 허둥허둥 신발을 꿰어 신고 집을 나설 때마다 차오르는 죄의식을 떨칠 수가 없었지만 부산행 기차가 출발함과 동시에 내 몸속에는 숯불이 이글이글 타올랐다.

하지만 행복이란 오래 주어지는 것이 아니다. 거품처럼 꺼지기 쉽고 깃털처럼 날아가 버리기 십상이기에 그 잠깐의 불꽃을 향해 몸을 던지게 된다. 그리고 행복은 늘 지나야 알 수 있다. 그러나 나는 그때가 내 인생 최고의 행복한 지점이라는 걸 알았다. 회사에서는 여전히 능력 있는 엔지니어링 매니저였고, 그녀는 그런 나를 선망 가득한 눈으로 바라봤다.

"사촌이고 뭐고, 난 네가 대기업의 간부여서 좋아. 네가 하는 싸인 한 번에 수십 억, 수백 억이 오간다는 게 얼마나 신기한 줄 아니?"

그녀가 그렇게 말할 때마다 나는 그녀를 안았다. 하지만 최고의 정점이 지나면 내리막길이 기다리고 있다는 걸 알았기에 늘 미열 같은 불안이 따라다녔다. 불현듯 가슴이 서늘해지면서 답답하기도 했다. 그럴수록 서둘러 그녀를 안고 침대로 가 미친 듯이 뒹굴곤 했다.

그녀 생각에 하루 종일 명치가 묵직하던 어느 목요일 오후, 다음 날 월차를 내고 무작정 부산행을 감행했다. 느닷없이 나타난 나를 보면 그녀 특유의 호들갑으로 반가워해 줄 거라는 기대에 부풀어 그녀의 원룸으로 갔다. 비밀번호를 꾹꾹 누르자 휘리링 소리를 내며 문이 열렸다. 내가 처음 그녀의 방으로 갔던 날을 기념해 만든 네 개의 숫자. 그녀는 없었지만 분홍으로 치장된 그녀의 방은 나를 주인으로 맞이해 주었다. 그녀가 내 것이라며 내주었던 칫솔로 양치질을 하고 그녀의 샴푸로 머리를 감았다. 그녀의 머리냄새가 느껴지자 이글, 또 한 번 숯불이 타올랐다. 어디를 간 걸까. 빨리 그녀가 돌아왔으면 좋겠다. 샤워를 마치고 침대에 누웠다. 긴 머리카락 한 올이 베개에 붙어 있었다. 나는 조심스럽게 머리카락을 집어 휴지에 쌌다. 그리고 내 지갑 속에 넣으며 중얼거렸다. 넌 언제까지나 내 꺼야.

얼마나 잔 걸까. 섬뜩한 느낌에 불현듯 잠이 깬다. 사방이 어두워져 있다는 것 외에는 달라진 건 없지만 뭔가 이상하다. 공기의 흐름이랄까, 시간의 밀도랄까. 갑자기 그녀의 방이 낯설어진다. 나는 뭔가에 홀린 듯 블라인드를 걷고 창밖을 내다본다. 저거였다. 갑자기 잠에서 깨게 하고 나를 에워싼 모든 게 낯설어지게 한 건.

그녀는 지금 한 남자의 차에서 내리고 있다. 중형의 외제차다. 정장 차림의 남자가 조수석의 문을 열어주자 그녀가 내린다. 허벅지가 드러나는 미니스커트와 하이힐. 남자는 그녀를 안으며 입을 맞춘다. 키가 작은 그녀는 매달리다시피 남자의 목에 팔을 감으며 얼굴을 비빈다. 모든 게 내게 하던 그대로다. 그나마 다행히 그녀는 감았던 팔을 금방 풀었고 남자는 부드러운 엔진 소리를 내며 떠났다. 곧이어 계단을 올라오는 기척과 함께 휘리링 문이 열린다. 나는 잠든 척 침대에 누운 채 소리로만 그녀를 느낀다. 그녀는 현관에 있던 내 구두를 못 본 걸까. 침실 문은 열어 보지도 않은 채 거실에서 옷을 벗는 모양이다. 사르락사르락. 하나씩 옷이 벗겨져 나가는 그녀를 상상한다. 하지만 세상을 다 태울 듯 타오르던 숯불은 창밖을 내다보던 그때, 바로 사위어 버렸다. 지금

문 하나를 사이에 두고 그녀가 옷을 벗고 있지만 내 몸은 식어 버린 지 오래다.

"개새끼. 쪼잔하기는. 내가 들인 공이 얼만데, 이깟 돈으로 나를 꿀꺽하려고. 씨팔."

순간 정신이 확 든다. 이게 무슨 소린지. 이윽고 그녀가 침실의 문을 연다. 거실에 켜 둔 불빛이 쏟아져 들어와 눈이 아리지만 나는 눈을 뜨지 않은 채 모른 척 누워 있다. 그녀는 놀라는 기색도 없이 살며시 내 옆에 눕는다. 훅 술 냄새가 끼쳐 온다. 나를 깨우지 않으려는 듯 조심스럽게 이불 속으로 파고들며 가만히 내 가슴에 얼굴을 비벼 댄다. 그러면서 웅얼웅얼 뭐라고 혼잣말을 한다.

"네가 올 줄 알았어. 나 오늘 너무 힘들었거든. 그래서 네가 와서 좀 안아 줬으면 좋겠다고 하루 종일 생각했어. 돈도 안 되는 새끼 때문에 진짜 힘들었단 말이야."

아이가 칭얼거리듯 불분명한 발음으로 자꾸만 얼굴을 비비며 내 품으로 파고든다. 나는 나도 모르게 가만히 그녀의 어깨를 안았다. 그새 잠이 드는 건지 그녀는 내 가슴에 얼굴을 얹고 낮게 코를 골았다. 나는 조붓한 그녀의 등을 토닥토닥 두드리며 그녀의 잠이 달기를 기도 했다. 어디서 무엇을 했건 고단했을 그녀의 하루가 그렇게 끝이 나기만 바랐다. 그 순간 나는 오로지 그녀가 오래도록 달게 자기만을 바라는 것 외에 아무것도 생각하지 않았다.

나도 모르게 잠이 들었던 모양이다. 그녀의 침대에 누운 채 설핏 든 잠 속에서 꿈이 어지러웠다. 쫓기기도 하고 잡히기도 하던 꿈의 장면들이 모자이크 조각처럼 눈앞을 스친다. 갑자기 목 언저리부터 소름이 돋는다. 나는 그녀의 화장대에 올려 두었던 폰을 집어 든다. 회사에선 배임과 뇌물 수수 혐의로 정식 기소를 했으니 빠르면 오늘쯤 휴대폰 위치추적으로 연행될 수도 있다는 부사장의 문자가 와 있다. 잡히기 전에 내 발로 경찰에 가서 그녀를 수배해 사태를 수습하라는 의미일 것이다. 결국 이렇게 끝이 나는 건가. 사십 년 내 인생은 여기서 주저앉고 마는 것일까. 어쨌든 그녀를 찾아야 한다. 그녀가 없다면 어차피 나도 없다.

술에 취한 채 내 품에서 자고 일어난 아침, 그녀는 한참 동안 벽을 향해 돌아누워 있었다.

"나 돈 필요해. 어디에, 왜 필요한지는 묻지 말고 줄 수 있는 만큼 줘."

의외로 나는 담담했다. 올 것이 온 것뿐이라는 생각이 들었다. 그녀가 이만큼의 수위로 이야기를 해 온다면 이제 돌이킬 수 없는 거였다. 나는 그동안의 화대를 지불한다는 생각으로 그 자리에서 폰뱅킹을 했다. 화대치고는 좀 많다 싶은 금액이었지만 아깝지는 않았다. 그녀가 굳이 이런 식으로 끝장을 보려 한다면 나는 따라야 할 것이다. 어쩌면 다시 돌아보지 않기 위해서는 최선의 방법일 것이다. 나는 그녀의 언어를 알아들을 수 있었다.

어쨌든 나는 대기업의 간부가 아닌가. 맺고 끊는 게 확실하지 않았다면 여기까지 오지 못했을 것이다. 그리고 내겐 지켜야 할 가정이 있다. 아니 그 무엇보다 먼저 그녀가 내 누이라는 걸 끝까지 모른 척할 수는 없다. 그동안 주술에 걸린 듯 허겁지겁 그녀를 향해 달리면서도 늘 머릿속에 들러붙어 떨쳐지지 않던 건 우리가 피붙이라는 사실. 그랬기에 내 속의 숯불은 더 위험스럽게 타올랐는지도 모른다. 언제 어떤 식으로 끝이 와 버릴지 모른다는 불안. 그녀도 마찬가지였을 것이다. 그래도 꼭 이런 식의 결말이어야 했을까. 나는 돌아누운 그녀를 등진 채 침대에 걸터앉아 하염없이 한숨을 쉬었다. 이제 우리는 다시 보는 일이 없어야 한다. 꼭 그래야만 한다. 다만, 그녀가 고개를 숙인 채 가고 있는 사막 길에 그 돈이 핑크빛 카펫이 될 수 있었으면. 내가 바라는 건 오직 그것뿐이었다.

하지만 집으로 돌아와서도 숯덩이는 쉬 재가 되지 않았다. 양치질을 하거나 와인 잔을 기울이면서, 혹은 울리지 않는 폰을 들여다보면서, 그리고 도시의 스카이라인으로 해가 지는 풍경을 보면서 숨을 멈추고 명치를 눌러야 했다. 명치끝에 묵직 매달려 오는 그녀가 느껴질 때마다 휴지에 싸 놓은 머리카락을 꺼내 오래 들여다봤다. 꽤 많은 시간이 지나도 내 생활에 물기가 돌지 못했다. 갈수록 사막처럼 메마르고 가파르기만 했다. 가슴 한가운데로 서걱서걱 모래바람이 지나다녔다. 입술에 거스러미가 일고 얼굴에 버짐이 퍼졌다. 아내는 그런 내게 아침저녁 홍삼을 달여 내밀었고 나는 말없이 받아 마셨다. 그래도 모래바람은 멈추지 못했고 내 생활 어디에도 물기가 돌지 않았다. 그녀를 향해 무작정 부산행 기차를 타던 그때로 돌아가고 싶은 마음에 몇 번이고 명치를 누르며 형벌처럼 시간을 견뎠다.

그렇게 끝이 난 줄 알았다. 하지만 끝이란 끝장을 낸다 해서 오는 게 아니었다. 하루에도 몇 번씩 숨을 참아가며 그녀가 없는 시간과 사투를 벌이던 어느 날, 느닷없이 이모의 부음이 전해졌다. 엄마는 하나 있는 여동생이 어찌 나보다 앞서냐며 초상집에 다다르기도 전부터 통곡이었지만 나는 이모의 죽음보다 그녀에 대한 걱정으로 마음이 급했다. 무남독녀로 태어나 이모부마저 일찍 여읜 그녀 혼자 초상을 치러야 할 게 아닌가. 상복을 입고 앉아 쓸쓸히 혼자 빈소를 지키고 있을 그녀를 생각하자 장기 하나하나가 차례로 저며지는 것만 같았다.

그녀는 울지 않았다. 엄마가 그녀를 끌어안고 꺼이꺼이 통곡을 했지만 그녀는 눈물 한 방울 흘리지 않았다, 드문드문 찾아오는 문상객과 맞절을 하고 편안한 모습으로 가셨다며 높낮이 없는 목소리로 이야기를 했다. 나를 보고서도 표정 하나 변하지 않은 채 상주 노릇에만 충실했다. 마치 상주라는 배역을 연기하듯 차근차근 초상을 치러 내고 있었다. 나는 그런 그녀가 더 안쓰러웠다. 대놓고 슬퍼하지도 못하는 고통이 고스란히 전이되어 왔다.

발인 전날, 여기저기 흩어져 누운 친척들이 지쳐 곯아떨어진 시각, 그녀는 몰래 이모의 영정 사진을 끌어안고 울었다. 엄마, 엄마, 엄마……. 소리를 내지 않으려고 손등을 깨물어 가며 그녀가 울고 있었다. 내장을 쥐어짜듯, 생살을 발라내듯 고통스러운 울음 소리. 그러면서도 소리를 죽이는 울음. 그녀의 속울음은 끊길 듯 끊길 듯 새벽까지 계속되었다. 구석 자리에 잠든 척 누워 있던 내 눈에서도 굵은 눈물이 흘렀다. 마음 같아서는 그녀의 어깨를 감싸 안고 같이 울어 주고 싶지만 여기서 무너지면 안 되는 거였다. 세상에서 가장 비천한 얼굴로 우리는 이별을 고했고 그 이별은 앞으로도 유효해야 했다. 나는 날이 밝을 때까지 이어지는 그녀의 속울음을 느끼며 등을 돌리고 누운 채 따라 울었다.

깜박 잠이 들었던 모양이다. 그녀 방에서 잠이 든 사이 해질 무렵이 된 것인지 분홍색 블라인드 사이로 석양이 비쳐 든다. 이 시각 그녀는 이 방에서 저 석양을 받으며 무슨 생각을 했을까?

"해 질 녘이면 누군가 내 귀를 막아 주면 좋겠어."

언젠가 전화기 속에서 울먹이던 그녀의 목소리가 귀에 쟁쟁거린다. 으스름이 깔릴 때면 일부러 후드티를 꺼내 입고 후드를 뒤집어쓰고 잠이 들어 버린다던 그녀. 왜 진작 그녀의 귀를 막아 주지 못했던 걸까. 왜 세상의 소음으로부터 그녀를 보호해 주지 못한 걸까.

태국의 프로젝트 피티를 하던 날이었다. 냉랭한 표정만으로도 주눅이 들게 하던 사업주는 기술제안서를 넘겨 보며 나를 주시했다. 이번 피티 결과에 따라 수주의 가부가 결정될 것이었고 회사는 내 어깨에 그 막중한 책임을 얹어 놓았다. 사업관리 전반, 구매, 시공방법, 시운전을 담당하는 각각의 매니저가 파트별로 피티를 끝내자마자 엔지니어 매니저인 내가 오버롤(Overall)을 통해 기술의 노하우를 전반적으로 다시 한 번 강조해야 한다. 사업주가 무엇을 미심쩍어 하는지, 어디서 차별화를 기대하는지를 정확히 짚어 내지 못한다면 더 낮은 가격의 경쟁사에게로 사업주는 눈을 돌릴 게 뻔했다. 나는 피티장으로 들어가며 그녀에게 전화를 했다. 그녀가 있음으로 내 인생 최고의 정점이라 느끼던 무렵, 내 일상의 모든 순간을 나는 그녀와 함께하고 싶었다. 그녀의 까르르 웃는 소리를 들으며 긴장을 풀고 싶었는데 꽤 오래 신호음이 울려도 그녀는 전화를 받지 않았다. 오 분이 지나 다시 전화를 걸어도 마찬가지였다. 다시 오 분이 지나서도 역시 받지 않았다. 어디 간 거야? 나는 신경질이 났다. 내가 필요로 할 때 곁을 지키지 못하는 그녀가 한없이 야속했다. 다행히 무사히 피티를 마치고 사업주의 만족스러운 대답을 들을 수 있었지만 그날 내내 나는 그녀에게 화가 났다.

그날 밤 늦게 그녀에게서 전화가 왔다. 아내가 잠든 침대를 빠져나와 베란다로 나가 전화를 받았다. 나는 어디냐며 다짜고짜 화를 냈다. 그녀는 말이 없었다. 내가 짜증을 부리는 내내 그녀는 긴 한숨 소리만 냈다. 한참 화를 내다 제풀에 지쳐 무슨 일 있어, 물어보았지만 무겁고 깊은 한숨 소리만 들렸다.

"무슨 일 있냐구?"

마침내 내가 빽 소리를 지르자 전화가 끊겨 버렸다. 나는 전화기를 집어던져 버리고 싶은 충동을 가까스로 참았다. 겨우 화를 삭이며 아내 곁에 누워도 마음이 편치 않았다. 생각해 보니 이렇게 늦은 밤에 전화를 한 적이 한 번도 없었다. 뭔가 좋지 않은 일이 일어나고 있는 건 아닐까. 불현듯 걱정되는 마음에 다시 전화를 해 볼까 하다 그만두었다. 낮 동안의 긴장이 풀리면서 피로감이 몰려왔다. 다시 전화기를 들고 베란다로 나가는 게 무엇보다 귀찮았다.

그녀는 그 밤, 내게 무슨 말이 하고 싶었던 걸까. 동굴을 휘감아 나오는 바람처럼 무겁고 긴 한숨을 쉬며 그녀가 하려 했던 말은 뭘까.

나는 그녀의 말을 제대로 들은 게 하나도 없다. 여름 한낮에도 곧잘 춥다던 그녀의 팔에 정말 오소소 소름이 돋아 있을 때도 침대로 끌고 가기 바빴다. 그때 그녀는 세상의 무엇이 그토록 추웠던 걸까. 파래진 입술을 잘근잘근 깨물며 난 왜 이렇게 늘 춥지, 라고 하면서 안겨 올 때 그녀의 세상이 왜 추운지를 나는 왜 물어보지 않았던 걸까. 그녀를 잃은 지금에서야 그녀가 그토록 사무치게 견뎠을 추위가 내 몸속으로 파고든다. 정말이지 추워서 견딜 수가 없다.

이모의 유골함을 받아 들고도 그녀는 담담했다. 1번부터 차례로 시험문제를 풀어가듯 차근차근 장례절차를 마무리했다. 마지막으로 엄마가 혼자서라도 씩씩하게 살아야 돼, 하며 그녀의 머리카락을 귀 뒤로 쓸어 넘겨 줄 때까지도 높낮이 없는 음성으로 다소곳이 인사를 할 뿐이었다. 그녀를 남겨 둔 채 엄마와 함께 택시를 타고 역으로 향하는 동안 백미러 속에서 조그맣게 멀어지던 그녀. 나는 결국 명치를 움켜쥔 채 윽, 소리를 냈다. 도무지 더는 계속할 수가 없었다. 걱정스러워하는 엄마를 먼저 서울로 보내고 나는 기어이 그녀의 원룸으로 달려갔다.

"핏줄, 그게 뭐라고! 씨팔"

거칠게 번호를 누르고 문을 왈칵 열어젖혔다. 긴 머리를 풀어헤치고 그녀는 잠이 들어 있었다. 흩어진 머리카락들이 함부로 얼굴을 덮고 있는 그녀는 잠이 든 게 아니라 다른 세상으로 가있는 듯 텅 비어 보였다. 무심한 것도 방심한 것도 아닌, 아무 것도 없이 텅텅 비어 있는 것만 같은 모습, 나는 살며시 그녀 옆에 몸을 누이고 등을 토닥거렸다. 괜찮을 거야, 토닥. 혼자서도 잘할 수 있을 거야, 토닥. 이렇게 내가 옆에 있어 줄게, 토닥토닥. 그러다 욕실에서 똑똑 물 떨어지는 소리를 들으며 그녀를 안은 채 나도 모르게 잠이 들었다.

그때처럼 깊이 잠들고 싶다. 그녀가 들어와 내 귀를 막아 주며 어깨를 토닥거려 준다면 길고 오랜 잠을 잘 수 있을 것 같다. 괜찮을 거야, 토닥. 회사일도 잘 해결될 거야, 토닥, 이렇게 내가 옆에 있어 줄게, 토닥토닥. 두 손으로 내가 내 귀를 막았다. 아무 소리도 안 들릴 줄 알았는데 바람 소리 같기도 하고 파도 소리 같기도 한 소음이 손바닥 안에 갇혀 귀로 전해진다. 소리라 부르기도 힘든, 뭔가 원초적 느낌의 일정한 소음이 편안하게 나를 감싸 주었다. 귀를 막고 있는 이 순간만큼은 언제 들이닥칠지 모르는 경찰이나, 영어로 욕을 해 대는 사업주나, 살아만 돌아오라는 부사장이나 다 내편이 되어 줄 것만 같다.

이모의 장례를 치르고 꼭 두 달이 지나 그녀에게서 전화가 왔다. 발신인이 그녀라는 걸 확인하면서 왠지 선뜻 전화를 받을 수가 없었다. 이미 시간의 마법을 알고 있는 나는 두 달이란 사람을 잊기에 가장 적절한 기간이라는 것도 알았다. 그립다가 아프다가 체념하다가 다시 그립고 아프다 결국은 체념을 확신하게 되는, 그러면서 서서히 낯설어지는.

두 달이 지나는 동안 나는 몇 번이고 그녀에게 달려가고 싶었다. 머리를 풀어헤친 채 자고 있다면 등을 토닥여 줄 것이고, 늦은 밤 낯선 남자의 차에서 내려 비틀거리는 걸음으로 문을 열고 들어오면 안아서 재워 줄 수 있었다. 바람이 많이 불거나 해 질 녘이 되면 그대로 부산행 기차를 타고 가 그녀의 귀를 막아 주고 싶었고, 씨팔, 그녀가 욕을 하면 옆에 앉아 덩달아 같이 욕을 해 주고 싶었다. 그러나 그게 답이 아니라는 건 그녀도 알고 나도 알았기에 이렇게 힘들게 그 시간들을 견디고 있었던 게 아닌가. 그럼에도 불구하고 암묵적 금기를 깨고 그녀가 지금 나를 호출하는 이유는 뭘까.

방금 서울역에 도착했는데 회사 쪽으로 오겠다는 그녀의 목소리는 지나치게 쾌활했다. 왠지 서걱거리는 느낌이 전화기를 타고 전해져 왔다. 지금까지의 그녀와는 뭔가가 달라져 있었다. 언젠가 동트기 전의 아침, 화장이 지워진 그녀를 배웅할 때의 모습이 잠시 스친다. 수척하고 나이 든 얼굴, 그러면서도 짧은 치마와 번쩍거리는 매니큐어.

"어쩌지? 나는 오늘 중요한 약속이 있는데."

"안 돼, 얘. 나두 없는 시간 쪼개서 여기까지 왔단 말이야. 부산서 서울이 어디 작은 거리니?"

그녀답지 않았다. 내 말을 충분히 알아들었을 텐데 왜 이러는 걸까.

"얼마나 중요한 사람을 만나는진 모르겠지만 나두 데리고 가 주라, 얌전히 있을게, 응?"

그녀 특유의 비음이 살짝 거슬린다. 약속이 있다는 건 거짓말이 아니었다. 배관설계팀 선임 엔지니어가 배관 자재를 납품하는 업체 사장과 기어이 저녁 약속을 잡았다며 아까부터 나를 기다리고 있었다. 지난번 납품 건 때문에 업체를 바꾸려는 내 생각을 돌리려는 의도일 것이다. 그럴 수 없다는 걸 한 번은 만나 못을 박아야겠기에 오늘 시간을 내기로 한 건데 그녀는 자꾸만 고집을 부렸다. 내키지는 않았지만 어쩔 수 없었다. 나를 만나러 왔다지 않는가. 이모가 떠난 빈자리를 도무지 못 견뎌 내고 무작정 내게로 온 건지도 모른다. 짐짓 쾌활한 척하지만 외진 원룸에서 더는 혼자 버티지 못해 지금 나를 찾아 온 거라는 생각이 들자 안쓰러움이 복받쳤다.

선임 엔지니어와 함께 레스토랑으로 들어가자 업체 사장은 과장된 몸짓으로 우리를 반긴다. 불룩 나온 배와 번들거리는 이마가 왠지 미덥지 못한 인상이다.

"이 가게 셰프가 프랑스에서 스카우트 돼 왔는데 돈을 엄청 받는다는군요. 제가 대학부터 쭉 유럽에서 공부를 하다 보니 이런 음식이 좋습디다. 아마 이 집 음식 마음에 드실 겁니다."

업체 사장의 거들먹거리는 품이 거슬려 그다지 오래 있고 싶지 않다. 그녀가 오면 되도록 빨리 일어나야 할 것 같다. 나는 본의 아니게 손님이 한 명 더 오게 됐다며 양해를 구했다. 부산에서 갑자기 온 누이를 기다리게 할 수 없어 그렇게 됐다는 구구한 설명까지 덧붙이자니 짜증이 났다. 오늘 왠지 계속 편치가 않다. 비를 잔뜩 머금은 구름이 자꾸만 머리 위를 따라다니고 있는 것 같은 불편함이 내내 떨쳐지지 않고 있다.

머리를 치렁하게 늘어뜨린 그녀가 레스토랑의 문을 열고 들어왔다. 순간, 주위가 환해졌다. 너무 짧은 스커트 차림이 아닐까 걱정했는데 까만 레깅스에 가죽부츠, 머리 위에는 선글라스를 헤어밴드처럼 올리고 있다. 마흔을 넘긴 여자의 차림새로 보기에 지나치게 요란하다. 가까이서 보니 화장도 짙다. 오래 공들여 치장한 것 같지만 썩 어울리진 않는다. 그러나 그건 나 혼자만의 생각이었다. 부산서 온 사촌누나라고 소개를 하자 두 남자는 입을 쩍 벌렸다. 여동생이 아니고 누나라는 게 믿어지지 않는다는 둥, 혹시 연예인이냐는 둥, 객쩍은 소리들을 해 가며 그녀에게서 눈을 떼지 못한다. 점점 상황이 마음에 들지 않는다. 빨리 식사를 끝내고 그녀를 데리고 나가야겠다.

정통 요리를 하는 식당은 이래서 싫다. 코스들이 왜 이렇게 복잡한지, 그냥 알아서 주면 될 텐데 스프며 토핑이며 소스를 일일이 주문 받는 것도 짜증나고 커다란 접시에 한 움큼도 안 되는 음식을 담아다 주는 동안 자꾸만 와인을 마시게 되는 것도 싫다. 그녀는 계속해서 와인을 마시고 있다. 명품을 둘러싼 비하인드 스토리와 패션 트렌드의 사회심리, 그녀의 레퍼토리는 저것뿐일까. 조근조근 이야기하는 동안 그녀는 꽤 많은 술을 마셨다. 두 남자 역시 그녀에게 빨려 들면서 목이 타는지 연신 잔을 비워 댄다. 디저트까지 복잡하게 주문을 받고 있는 이 모든 절차가 얼른 끝나고 그녀를 빨리 보내고 싶다.

나는 부산행 막차 시간을 핑계로 먼저 일어났다. 그녀는 어쩔 수 없다는 듯 따라 일어서면서도 못내 아쉬운 눈치다. 업체 사장이 인사가 늦었다며 명함 한 장을 내민다. 비로소 그녀는 회심의 미소를 지으며 명함을 받아 가방에 넣는다. 샤넬이다. 샤넬을 좋아하는 사람은 무의식중에 자기를 드러내려는 강박이 있다고 했던가. 그녀의 샤넬 가방은 작으면서도 확실히 눈길을 끄는 뭔가가 있는 것 같다. 그런데 제대로 된 직장이 있는 것 같지도 않은데 저런 명품이 어디서 났을까. 나는 거칠게 그녀의 손목을 잡고 레스토랑을 나왔다.

이제 빠르게 해가 지고 있다. 분홍색 블라인드 사이로 비쳐 들던 저녁 빛도 사라지고 사방에 어둠이 고이기 시작했다. 원룸 여기저기 밀도를 달리하는 어둠이 내려앉고 있다.

“해 질 녘엔 의자를 사지 말래. 종일 지친 마음에 아무 의자나 사서 빨리 앉아 쉬고 싶을 테니까 말이야. 어떤 소설책에서 읽었어.”

언젠가 어두워 오는 바닷가에 앉아 갸우뚱 고개를 기울인 채 나를 보며 그녀가 했던 이야기다. 그러면서 두 팔로 싸 안고 있던 무릎에 얼굴을 묻으며 말했다.

“나는 살면서 저녁에 사 버린 의자가 너무 많아.”

그때는 그 말을 알아듣지 못했다. 어둠에 잠겨 가는 바다가 더없이 아름다웠고 내 옆에 그녀가 있다는 것 외엔 아무것도 생각하지 못했다. 바닷가를 걸어 원룸으로 돌아오면서도 그녀의 얼굴이 어두워 보이는 건 이윽고 밤이 오기 때문인 줄 알았다. 그녀가 저녁에 사 버렸다는 의자가 어떤 것인지, 그녀의 인생이 어디를 향해 가고 있는지에 대해서는 알려고 하지 않았다. 그녀는 그 저녁 어떤 의자를 샀으며 내게 무슨 말을 하고 싶었던 걸까.

협력업체 사장과 동석을 했던 그날 이후 정확히 이 주일 만에 그녀는 업체 사장에게 전화를 했던 모양이다.

서울에 볼일이 있어 왔는데 마침 사장님 회사 근처까지 오게 됐네요. 그녀 특유의 비음 섞인 목소리에 업체 사장은 이제 웬 떡인가 싶었다고 했다.

"너희들 처음부터 짜고 치는 고스톱이었지? 진짜 사촌누나 맞아?"

침을 튀겨 가며 내 멱살을 잡던 업체 사장에게 나는 할 말이 없었다. 그녀는 사장을 만나 비싼 밥을 먹고 술을 마셨던 모양이다. 그리고 또 이 주일이 지나 전화를 했고 숙소를 정하지 않았다는 그녀를 사장이 호텔로 이끌자 순순히 따라오더라고 했다. 그다음 일주일이 지나 사장이 그녀를 만나기 위해 부산으로 갔는지 어쨌는지는 모른다. 다만, 우리가 사촌이라는 걸 강조하고 어릴 때부터 친했다는 말을 잊을 만하면 했다면서 사장은 나를 다그쳤다.

"그년이 분명히 그랬어. 동생이 지금 돈 필요한 데가 많다고. 간암 말기 판정을 받은 어머니한테 끝도 없이 돈이 들어가고 있다고. 병원에서는 포기했지만 대체의학이니 뭐니 돈만 있으면 살릴 수 있다고. 뇌물을 주기에는 지금이 적기라고. 대놓고 달라고 할 성격은 못 되지만 그년이 나서서 안겨 주면 못 이기는 척 받을 수밖에 없는 처지라고."

납품을 위한 리베이트라 하기에는 지나치게 많다 싶은 돈을 사장은 그녀에게 주었다. 아마도 납품을 보장받음과 동시에 옵션으로 딸려 오는 그녀에 대한 탐욕으로 사장도 이성을 잃었던 모양이다. 회사에서 배임 행위와 뇌물수수 외에도 공금횡령으로까지 나를 몰아가는 건 그 액수 때문일 것이다. 그리고 어떻게든 나를 빨리 찾기 위한 특단의 조치일 것이다.

이모가 병원에 있는 동안 그녀는 얼마나 외로웠을까. 병원에서도 포기해 버린 이모를 포기하지 않기 위해 그녀 혼자 얼마나 발을 굴렀을까. 낯선 남자의 차를 타거나 술을 마시면서, 똑같은 레퍼토리의 이야기를 반복하면서 수도 없이 자기 귀를 막았을 그녀를 생각하자 미칠 것만 같다. 조그맣게 몸을 말고 후드를 뒤집어쓴 채 잠들었을 그녀.

"씨팔"

나는 그녀처럼 조그맣게 욕을 해 본다.

초인종 소리와 함께 누군가 거칠게 문을 두드리고 있다. 침대에서 일어나 앉자마자 두 남자가 들이닥친다. 도어록이 뜯겨져 나갔으니 쉽게 문을 연 모양이다. 짧은 스포츠머리에 운동화를 신은 남자가 경찰 신분증을 내보이며 내 이름과 주민번호를 대더니 맞느냐고 했다. 결국은 올 것이 오고 말았다. 뭔가 말을 하고 싶은데 입을 열어 본 지가 오래돼 그런지 쉽게 목소리를 낼 수가 없다. 나는 겨우 꺽꺽 소리를 내며 외쳤다.

"신, 신발…… 좀…… 벗어요. 집이…… 더…… 더러워……지잖아요!"

남자들은 어이가 없다는 듯 나를 보며 웃었다. 며칠 깎지 않은 수염은 제멋대로 얼굴을 덮고 있고 갈아입지 않은 옷에서 쉰내를 풍기는 건 오히려 나였다. 그들의 신발보다 내 얼굴이 더 더러웠을 것이다. 그래도 이건 그녀와 그녀의 방에 대한 예의가 아니었다. 나는 절박하게 신발을 벗으라는 말만 되풀이했다.

경찰서에 도착하자 담당수사관은 안됐다는 듯한 시선으로 나를 일별하더니 조서를 쓰기 시작했다. 컴퓨터 앞으로 의자를 당겨 앉으며 수산관이 심상하게 말했다.

"있는 그대로 말씀하시면 됩니다. 이 여자 죄질이 아주 나빠요. 이런 식으로 당한 사람이 몇 명 더 있는 모양인데 선생님의 협조가 필요합니다."

이게 무슨 말인가.

"지금 그녀 어디 있습니까?"

"전국 수배를 했더니 금방 잡히더군요. 지금 구치소에 있는데 곧 재판이 열릴 겁니다. 실종 신고를 하실 게 아니라 사건 접수를 하셨어야죠. 이 여자 때문에 회사에서 이만큼 몰리고 있는데 왜 진즉 신고를 안 하신 겁니까? 일류대를 나오신 분이."

수사관은 답답하다는 듯이 나를 빤히 쳐다봤다. 뭐라고 말을 하고 싶었지만 내 목에서는 자꾸만 꺽꺽 쉰 목소리만 새어 나왔다. 그게 아니라고, 그녀를 만나게 해 달라고 하고 싶은데 도무지 알아들을 수 없는 소리만 꺽꺽대고 있었다.

"그럼, 그…… 그녀는…… 어, 어떻게…… 되는 거…… 겁니까?"

아래턱을 달달 떨어 가며 이야기를 하자니 겨우 이 말을 만들어 내는 데도 한참이 걸렸다.

“구속이 되겠지요. 그 여자 어머니 간병비로 사채까지 써서 빚쟁이들한테 시달리다 그랬다는데, 정상 참작이야 되겠지만 이건 누가 봐도 명백한 사기죄예요.”

정신이 아득해 온다. 미니스커트 대신 푸른 수의를 입고 가슴에 죄수 번호를 단 그녀라니. 쉴 새 없이 재잘거리던 입을 다물고 죄수들 틈에 끼여 앉아 있는 그녀라니. 도저히 상상할 수가 없다. 잘못돼도 뭔가 크게 잘못돼 가고 있다. 나는 명치를 쥐어뜯으며 윽, 소리를 낸다.

에스키모인들은 아주 독특한 방법으로 늑대를 잡는다고 한다. 그게 사실인지 아닌지는 알 수 없지만 평생 일부일처를 한다는 우직한 늑대를 사냥하기에는 좋은 방법일 것이다. 우선 피를 듬뿍 묻힌 칼을 얼려서 늑대가 다니는 길에 세워 둔다. 피 냄새를 맡은 늑대는 단번에 달려들어 핥기 시작한다. 김을 뿜어 가며 얼음을 핥다 보면 이내 날카로운 칼날에 혀를 베이면서도 이미 얼음으로 감각이 둔해진 늑대는 핥는 일을 멈추지 않는다. 칼날에서는, 지금 칼을 핥고 있는 제 피가 흐르지만 늑대는 멈추지를 못하는 것이다. 이미 피 맛에 길들여진 늑대는 결국 끝장을 볼 때까지 제 피를 핥다가 너덜너덜

찢어진 혀를 빼문 채 죽어 간다고 한다.*

나는 기어이 내 피가 묻은 칼을 핥고 만다. 유다가 예수를 부인하듯 절박하게 나는 부인을 한다.

"아닙니다. 그게 아닙니다. 제가 시킨 겁니다. 납품업체 사장한테 접근해서 돈을 받아 오라고 시킨 건 접니다."

수사관은 자판을 두들기던 손을 멈추고 나를 건너다봤다.

"선생님, 이러시면 곤란합니다. 그 여자도 다 자백한 마당에 이럴 필요 없습니다."

"아니에요, 아니라니까요."

"이래봤자 상황이 크게 달라질 것도 없어요. 다른 피해자 진술도 확보했고, 정황증거도 충분한 데다 자백까지 했으니 여기서 이 사건은 종결될 겁니다."

"잘못한 건 저라니까요!"

나는 느닷없이 꽥 소리를 지른다. 경찰서 여기저기서 일제히 나를 쳐다보지만 나는 다시 한 번 아니라며 소리

* 이시훈의 시 「늑대 잡는 법」 인용

를 지른다. 뭐가 아니라는 건지, 뭘 잘못했다는 건지 나도 알 수 없지만 나는 자꾸만 아니라며 소리를 질러 댄다.

언젠가 그녀에게 폰뱅킹을 해 주며 헤어지던 아침, 그녀가 그랬다.

"우리가 했던 게 사랑이라고 착각하지 마. 사랑? 그런 웃기지도 않는 농담은 오래전에 유행이 지났어. 어쩌면 공룡보다도 더 먼저 멸종된 게 사랑이야."

"내 사랑은 진심이야. 열여덟 이후 줄곧 누나를 잊은 적이 하루도 없어, 나는. 죽어 유황불에 떨어질 각오를 하면서도 너를 포기하지 못했어. 모든 걸 감수하고 여기까지 치달아 온 거라구! 그런데도 너는 내 사랑이 그렇게 우습니?"

"한순간 사랑에 눈이 멀 수도 있지. 달콤하니까. 하지만 달콤함이 필요하면 보리차에다 설탕을 타서 마시면 돼. 뇌수가 눅진해지도록 듬뿍 말이야. 사랑이 달콤한 건 달콤함을 즐길 준비가 된 인간들에게나 그런 거야. 도대체 우리가 사랑한다 해서 달라지는 게 뭔데?"

그때 그녀의 언어를 알아들었어야 했다. 무엇이 두려워 후드를 머리끝까지 뒤집어쓰고 잠이 들지 않으면 안

됐던 건지, 비어져 나오는 눈물을 참아 가며 눈가 주름을 화장으로 덮고 어디를 향해 가고 있었던 건지. 하다못해 그 샤넬 가방이 어디서 난 거냐고 그때 물었어야 했다. 지금 와서 아무리 나를 부인하고 그녀를 변호하고 싶어도 이미 늦어 버린 것이다.

명치를 잡고 신음 소리를 내는 나에게 조사관은 어디가 아프냐고 묻는다. 그래, 아프다. 아파서 견딜 수가 없다. 이놈의 세상은 왜 이렇게 아픈 걸까. 나는 한 마리 미련한 늑대가 되어 내 피를 핥아서라도 그녀를 지켜 주고 싶다. 혀가 너덜너덜해지도록 칼을 핥아서 그녀가 온전해질 수만 있다면 기꺼이 그러고 싶다. 하지만 이제와 내장이 찢기고 발리도록 칼을 핥는다 한들 그녀를 대신해 피를 흘려 주지 못한다. 그녀 말이 맞다. 내가 지옥을 무릅쓰고 그녀를 사랑한다 해서 달라지는 건 없었다. 나는 계속해서 명치를 쥐어뜯으며 신음 소리를 낸다.

그녀는 세상이 얼마나 모질었으면 후드를 뒤집어쓰고 잠이 들어야 했을까. 눈앞으로 작은 발에 커다란 신발을 질질 끌며 가는 그녀의 뒷모습이 스친다. 고개를 숙인 채 쉴 새 없이 모래 바람이 불어오는 사막 한가운데를 하염없이 걸어가고 있다. 지치고 고단한 모습을 숨기고 낯선 남자의 목에 팔을 감으며 속으로 씨팔, 그렇게 욕을 하는 모습도 보인다. 그러면서도 까르르 웃어야 했던 그녀 목소리가 들린다. 나는 두 손을 조심스럽게 뻗어 내 귀를 막아 본다. 생각지 못한 소음이 손바닥 안에 갇히면서 싸아, 소리가 난다. 후드가 있다면 머리끝까지 뒤집어쓰고 싶다.

씨팔. 세상이 너무 시끄럽다!

해설

비창(悲愴), 스러지는 사랑과 윤리의 사회학
- 오영이 소설이 묻는 것

정훈(문학평론가)

오랫동안 이어져온 소설문법 가운데 하나가 바로 인간과 사회의 관계에서 비롯하는 인물의 성격변화이다. 개심(改心)이나 회심으로 결말을 맺는 극적인 경우도 있지만 이는 종교적이고 역사적인 소재를 다룬 소설에서 흔히 보이는 양상이다. 그 외 수많은 소설의 경우에도 인물의 내면과 성격이 미세하게나마 변하게 되어 있다. 소설 속의 인간이 어떤 사건에 연루되거나 상황에 빠져들 때, 그 이야기의 끝이 어떤 식으로 치닫든 상관없이 우리는 소설이 끝나는 부분에서 작품 속의 인물이 새로운 사건과 환경에 처음과는 달리 대처하게 될 개연성을 보게 되는 것이다.

이를테면 자칫 한순간의 잘못된 선택으로—이 선택이 그 상황에서 최선이었든, 아니면 마지못해 감당하게 된 선택이었든 상관없이—비극의 나락으로 떨어지든, 인물을 둘러싼 환경으로 말미암아 어쩔 수 없는 삶의 길로 접어들든, 결말은 애초의 인물이 보여줬던 성향과는 다른 방향으로 조금은 틀어져 있는 사실을 발견한다.

이는 세계와 인간이 충돌하면서 발생하는 사회적 양상과 내면심리의 역동성에 기인한다. 문제적 인간이 세상을 향해 걸어가는 과정에서 맞부딪치는 여러 가지 상황에서 독자가 기대하는 것은, 중심인물이 어떤 판단과 생각으로 상황을 헤쳐 나갈 것인가이다. 결말이 독자의 기대에 부응하거나 행복한 그림으로 나오면 이는 시간과 돈을 투자해서 한 편의 소설을 읽은 보람이 생길 것이요, 뜻하지 않은 계기로 인물들의 삶이 일그러져버리거나 비극으로 이야기를 맺게 될 때에는 감정이입의 차원에서 독자들 또한 그 슬픔의 감정을 고스란히 가져오게 된다. 하지만 거의 모든 현대소설에서는 독자들의 부응에 관계없이 작품 속 인물이 선택한 인생의 경로를 소설미학적인 개연성과 구조적인 틀 안에서 마련한다. 소설에서 '현실'은 작가가 작품을 쓰고 있는 당대 '현실'의 모방이요 반영이다. 이와 같은 또 다른 의미의 고전적 소설문법을 들먹이지 않더라도, 작가가 소설에서 그리고자 하는 현실은 바로 '소설가'가 발딛고 있는, 한국 사회가 야기하는 날것 그대로의 세계다. 이 세계가 빚어내는 온갖 기이하고 변형된 형태의 삶의 윤리가 소설로 변용되는 모습을 보는 것만큼 설레는 일도 없을 것이다.

오영이의 소설은 우리 시대의 민낯을 소설로 형상화한다. 작가가 본 오늘날의 현실은 사람과 사람, 그리고 사람과 세계 사이의 온전한 관계가 비틀어지고 꼬여버린 국면에 처해 있는 아귀도에 지나지 않다. 이 가련한 '디스토피아'를 살아가는 우리들은 외면상 선진국의 문턱에 다다르고 각자 개성을 뽐내며 서로에게 '사랑'과 '관심'이라는 이름으로 다가가지만, 실상은 의지와는 무관하게 서로에게 상처와 절망을 안긴 채 겨우 숨을 쉬며 살아가는 목숨붙이들인 것이다. 여기엔 앞뒤 계산하지 않은 지고지순한 사랑도 현실적 삶의 윤리에 부딪쳐서 결국에 추락하거나, 휘황찬란한 도시의 불빛에 가려 그늘진 삶의 존재들이 자신의 상처를 보듬고 살아가는 모습으로 형상화한다. 간단히 말해서 몰락의 형이하학을 여실하게 보여주는 셈이다. 이 타락한 세상에서 자신이 상처받지 않고 살아가기 위해서는 끊임없이 물리적인 가까움을 유지하는 상태에서도 타자와 순수하게 동화되는 것을 최대한 피하면서, 적당한 거리에서 적당히 자신의 욕망을 충족하는 일이 우선으로 작용한다.

「마왕」은 그런 욕망의 충족이 보여주는 한 개인의 삶의 단면이 서글프도록 선연한 작품이다. 어릴 적 "저녁마다 루주를 바르고 집을 나서는 엄마"에게서 버림받고 고아로 외롭게 자란 여자가 쇼핑 중독으로 점철된 삶을 이어가는 이야기가 담긴 작품이다. 주인공이 쇼핑 중독에 빠져든 표면적인 계기는 "백화점 지하 쇼핑 매장 앞에서 카드 모집인과 눈이 마주친" 일이었지만 실은 어릴 때의 트라우마가 알게 모르게 작용했다고 보아야 한다.

> "거지인가 봐"
>
> 나는 치마에 손을 닦았다. 초콜릿 얼룩이 묻은 치마는 금세 더러워졌다. 정말 거지처럼 보였다. 바람은 쉬지 않고

불었고 치맛자락은 자꾸만 날렸다. 수없이 울고 싶었지만 억지로 참았다. 울음을 터뜨리는 순간, 엄마가 오지 않는 게 기정사실이 되어 버릴 것 같았다. 나는 백화점 앞에 서서 잠깐 볼일 보러 간 엄마를 기다리는 아이의 연기를 해가 질 때까지 하고 있었다. 모든 게 초콜릿으로 얼룩진 치마 때문인 것 같았다. 깨끗한 새 치마를 입으면 영원히 엄마가 오지 않더라도 거지처럼 보이지는 않을 거라는 생각만 했다.

-「마왕」 부분

"엄마가 오지 않는다는 게 기정사실이 되어 버릴 것 같았던" 불안한 느낌이 사실로 다가오자, 어느 순간 "외로움을 안다는 것이 체념이란 것도 깨달았"으며, 또한 "살면서 뭔가를 체념하게 될 때마다 나는 치마를 샀"던 것이다. 네일숍의 직원인 화자가 겪었던 어린 시절의 불우한 환경은 그로 하여금 백화점에 진열된 옷들에 대한 집착으로 외면화된다. 물론 이런 외면적인 상품구입 중독의 이면에는 청소년기를 지배했던 불행했던 성장사도 한몫을 했다. 중2 때 반장의 운동화가 사라져 자신이 도둑으로 몰렸던 일과, 입양되어 양부모와 살 때 되풀이했던 절도와 쇼핑, 그리고 양아버지의 폭력 등이다.

주인공에게 강하게 작용하는 '바람의 이미지'는 학창시절 음악 선생님이 들려준 슈베르트의 가곡 '마왕'에 대한 기억에서 하나의 주제로 형상화된다. 마왕의 손길을 바람소리로 착각했던 아버지는 결국 아들의 싸늘한 죽음을 목격해야 했던 것이다. 화자의 네일숍에 물품을 대주는 택배 직원과 동거를 하게 된 결정적인 이유가, 바람을 두려워하는 화자의 상처를 그가 발견했기 때문이다. "당신은…… 인형처럼 예쁜 치마를 입고 내 옆에 있어 주기만 하면 된"다는 남자의 여자에 대한 비현실적이면서 지고지순한 순정은, 결국 쇼핑 중독에서 빠져나오지 못해 빚더미에 허덕이는 주인공에게 자신의 한쪽 신장을 떼어내어 그 후유증으로 병원에 입원하게 되는 상황까지 이르게 한다. 작업 중 갑자기 쓰러져 응급실에 실려 간 남자가 위독한 상황에서도 카드로 옷을 사는 여자의 '이상심리'가 소설의 마지막 장면으로 남게 되면서 작품은 끝을 맺는다.

한 여자의 끊임없는 충동구매는 세상과 자신 사이에 불화를 겪어서 한 줌의 상처로 남은 모든 현대인의 자화상을 연상케 한다. 이를 사회로 확대하면 거대한 사회심리학

적 질병으로 현상한다. 자본의 그칠 줄 모르는 거대한 욕망 체계와, 이런 세계에서 살아남으려 몸부림치는 단자화된 개인의 일상이 얼룩진 도화지처럼, 혹은 곰팡이 덕지덕지 달라붙은 장판 밑바닥처럼 어지럽다. 우리 사회를 출구 없는 막다른 동굴로 밀어붙이는 보이지 않는 손은 무엇인가. 기성세대에게 잘못을 돌리기엔 무책임하다. 오히려 산업화의 역군이었던 지금 노인세대들 또한 그들이 직간접적으로 '협력'했던 사회기제의 희생물이 되어버린 현실을 생각하면 그렇다.

이 어두운 노인세대의 모습은 「황혼의 엘레지」에서 잘 드러난다. 젊어 청상과부가 된 '안동댁'은 아들마저 알콜 중독으로 죽고 며느리가 집을 나간 뒤 손자만 데리고 살아가면서 공원의 노인들에게 '박카스'를 팔아 생계를 꾸린다. '주 고객'이라 할 수 있는 노인들의 면면을 보자. "반신불수에다 말도 어눌하고 무엇보다 냄새가 심하지만 공원에 나오는 노인네들 중에 제일 인심이 후"한 '김 노인', "정수리가 좀 벗겨지긴 했어도 앞머리를 옆으로 둘러 이마를 반쯤 가린 품이 젊었을 때는 여자깨나 울렸을 상"인 '황대령', 그리고 "파킨슨병인가 뭔가로 몸 한쪽이 자꾸 기운다는" '서 교장' 들이다. 그런데 변변찮은 벌이긴 하지만 나름대로 확실한 '구역'이었던 공원에 '커피를 파는 여자'가 등장하면서 안동댁과 갈등이 시작된다. 노인들이 그 여자에게 관심을 주면서 화가 난 안동댁은 여자에게 달려들어 서로 한바탕 머리채를 잡고 나뒹구는 모습을 연출한다. 그러다 어느새 서로 기세가 한풀 꺾인 뒤 저녁 무렵, 박카스 가방을 공원에 놔두고 온 사실을 깨달은 안동댁이 공원에서 자신의 가방을 챙기고 기다리던 여자와 만나 대화하는 장면은 우리 근현대사의 길목에서 철저한 타자로 전락해 버리고 만 여성의 기막힌 사연으로 색칠돼 있다. "기지촌을 전전하며 살던 어린 시절, 아버지가 누군지는 엄마도 모르고 자신도 몰랐기에 누구나 다 아버지가 없는 줄 알고 자랐다고 했다. (…) 전국의 다방을 전전했고 두어 번 남자와 살림도 차렸지만 만나는 놈들마다 날건달이었던 (…) 몹쓸 병에 걸려 서른도 되기 전에 자궁을 통째로 들어내야 했"던 여자였다.

이 두 여성의 기구한 운명이 개인의 숙명이라거나 가난이 선사한 필연적인 귀결이라 치부하기엔 씁쓸한 여운을 남긴다. 평균 연령이 늘면서 이와 동시에 급격하게 증가한 노인 인구는 상대적으로 국가와 청년세대가 짊어져야 할 경제적인 부담이 앞으로 가중되리라는 예측을 동반한다. 급속한 성장의 그늘 뒤에는 이처럼 삶의 현장 한 귀퉁이에 밀려나서 사회적인 관심을 받지 못했던 잉여 존재들을 양산하는 것이다. 이들이 어떻게 살아왔고 어떤 꿈들을 간직해왔든 한 나라와 사회의 빛 이면에는 이들이 좌절하고 절망하는 목소리들이 늘 존재해왔다는 사실을 망각해서는 안 되는 것이다. 「황혼의 엘레지」는 희망과, 경제적인 불균등으로 생긴 노인 복지의 취약성을 고발하는 가운데 '노인의 성(性)'이라는 또 다른 생각거리를 제공하는 작품으로도 의미가 있다고 볼 수 있다.

오영이의 소설에서 특징적인 점은 앞서 다룬 「마왕」이나 「황혼의 엘레지」도 그런 요소들이 아주 없지는 않지만, 한국사회를 들썩이게 했던 사건이나 사고를 소재로 작품에서 사건의 이면이나 본질을 형상화하는 능력일 것이다. 소설이 사회의 거울이라는 고전적인 리얼리즘의 원칙을 상기하지 않더라도 작가는 한 시대의 면면과 정신을 다시금 문학 언어로 돋을새김하는 사람이다. 실제 현실의 사건은 우발적이고 순간적인 측면에서 발생하고, 또한 그것이 파급하는 놀라움의 양상이 짧든 길든 우리 사회가 오랫동안 해결하지 못한 난제로 놓여 있었던, 인간과 사회구조의 한계에서 비롯한다. 따라서 개인뿐만 아니라 공동체의 차원에서 사후 예방조치가 구성원들 각각의 시민의식과 윤리에 대한 각성을 불러일으킨다. 하지만 이를 소설로 형상화하는 사실은 좀 더 본질적인 측면에서 인간 존재가 지닌 실존적 한계, 곧 인간 자신이 처한 보편적인 굴레에서 이를 어떻게 인식하고 극복하는가에 초점을 둔다. 소설의 인물들이 빠져 있는 상황이 비록 현실적 개연성이 높더라도 실은 작가가 그리는 인물은 소설 구조의 틀 안에서 '종결'되고 그 '의미'를 매듭짓는 것이다. 그러나 이는 사후의 가능성을 배제하지 않는 열린 의미로 읽을 때 소설 독법의 참된 뜻을 얻는다. 그리고 이것이야말로 문학이 인간에게 던지는 내밀하고도 강력한 메시지인 것이다.

우리 사회의 집단적 주체들의 윤리문제의 또 다른 측면은 「독일산 삼중바닥 프라이팬」에서 유추할 수 있다. 특이하게 '프라이팬'이 화자로 설정되어 있는 작품이다. 독일에서 만들어져서 이곳 한국에까지 오게 된 프라이팬이 그를 구입한 사람들의 각자 기구한 사연으로 '주인'을 옮기면서 보게 된 우리 사회의 그늘을 응시하는 내용으로, 모두 세 개의 에피소드로 구성되어 있다. 독일에서 운반되어 맨 처음 백화점에 진열된 '나(프라이팬)'를 가장 먼저 데려간 사람은 '성 여사'이다. 그런데 평소에는 고분고분 말도 잘 듣고 성적도 우수했던 성 여사의 고3 아들이 어느 날 저녁 밥상머리에서 반항을 하게 되고, 이 갑작스러운 아들의 행동에 넋이 나가버린 성 여사가 장어를 굽고 있던 '나'를 집어 베란다 밖으로 내던져버린다. 두 번째 에피소드는 그렇게 아파트 화단에 방치된 채 며칠이 지난 시점에서 '나'가 어느 대학생 남녀에게 발견되는 것으로 시작된다. 이들은 동아리 선후배 관계로 서로 사랑하는 사이다. 화려한 배경을 둔 여자와 달리 상대적으로 초라한 환경의 남자가 군에 입대한 뒤 휴가를 나왔지만 여자는 이미 같은 학과 복학생과 만나고 있던 터였다. 이 소식에 절망한 채 '나'를 들어 무릎을 내리치고 남자는 어디론가 떠나버린다. 마지막 에피소드는 파지를 비롯한 재활용 쓰레기를 주워서 고물상에 넘겨 그 삯으로 살아가는 어느 할머니의 손에 넘어간 이야기다. 화전을 일구는 남편에게 시집을 왔지만 그 화전이 국유지가 되는 바람에 도시로 이사와 살던 중, 남편이 부두 하역 작업을 하다 다친 목 때문에 어느 날 갑자기 반신불수가 된 채 지금까지 할머니의 힘든 노동으로 삶을 지탱한다. '나'가 냉기와 악취가 가득한 할머니의 집 주방에서 이들의 모습을 지켜보던 때, 할머니는 아침을 정성스레 차려서 남편과 먹고 난 다음 무슨 의식을 치르듯 설거지를 하고는 가스 밸브를 열고 가위로 호스를 자르게 된다. 그 뒤 일어난 비참한 광경을 '나'가 목격하면서 작품은 끝이 난다.

아들의 교육에 목을 매는 중년의 부인과 사랑을 잃고 자신을 자해하고 마는 젊은이, 그리고 파지를 주우면서 어렵게 살아가다 마침내 몸이 불편한 남편과 함께 스스로 목숨을 저버린 노부부의 인생은, 더도 아니고 지금 이곳을 살아가는 우리들이 숨기고 싶어 하는 자화상이다. 무엇이 이들을 파멸에 이르게 했을까. 작가는 신문이나 방송에서 잊을 만하면 보도되곤 하는 사회문제의 한 단면과 같은 그림을 소설로 형상화한다. 자신에게 주어진 일을 묵묵히 성실하게 살아내는 존재에게 닥친 불행은 기실 인류가 시작된 이래로 그칠 날이 없었다. 하지만 인간에게 주어진 숙명과도 같은 불행과 절망이라 하더라도, 바로 그렇기 때문에 우리 시대의 고름을 방치할 수는 없는 법이다. 일이 터지고 난 뒤에 그 사건이 시작된 실마리를 추측할 수 있다. 그러나 이성의 동물인 인간은 그동안 쌓인 정신문화의 값진 전통에 따라, 사람의 온전한 정신적 추구에 따라서 선한 동기를 잃어버리지 않고 오랫동안 지속적으로 자신을 비롯한 둘레 공동체의 온존을 이어나갈 수 있는 것이다. 하지만 현실은 늘 이론적이지 않다. 말 그대로 생생한 날것 그대로의 현실인 셈이다. 작가가 바라보는 시점이 당대, 바로 불온한 것들로 넘쳐나는 지금 이곳이기 때문이다.

예측할 수 없는 삶의 현실에서 운명은 가혹하리만치 실존에 멍에를 드리운다. 우발성과 우연성이 때때로 닥쳐 우리에게 세상의 불가해한 면모를 거대한 해일처럼 덮어버리는 것이다. 선택과 필연의 자연스러운 자기 판단을, 깊이를 헤아릴 수 없는 심연 속을 헤매는 상황으로 끌고 가서 혼돈하게끔 한다. 현대사회에서는 누구든지 범죄의 요건을 충분히 갖추게 되는 환경에 노출해 있다. 그것이 자의건 타의건 말을 뒤집어 모든 윤리적인 형식은 그 속에 금기를 위반하려는 반윤리적인 속성을 감싸 안고 있는 것이다.

이러한 금기 위반의 극점에 다다르면서, 여기에서 파생하는 비극적인 결과를 우리는 중편 「핑크로드」에서 발견한다. 화자와 외사촌 지간인 여자 사이에 벌어져서는 안 될 격정적인 사랑을 이 소설은 보여준다. 그렇지만 "죽어 유황지옥에 떨어져도 너를 놓지 않을 거야"라 다짐하는 '나'와, "우리가 했던 게 사랑이라고 착각하지 마. 사랑? 그런 웃기지도 않는 농담은 오래 전에 유행이 지났어."라고 당당히 말하는 사촌 사이의 관계는 어쩌면 이미 파국을 예상하고 있었는지도 모른다. 그런데도 화자는 사촌을 향한 사랑을 전혀 속되지 않은 '성스러움'으로 간직한다. '나'는 "H그룹 공장설계팀 엔지니어링 매니저"다. 그가 다니는 회사의 거래업체 사장과 우연히 동석하게 된 사촌여자는 그후 사장에게 접근해 납품 리베이트 명목으로 돈을 받았고, 이 일로 뜻하지 않게 "회사에서 배임 행위와 뇌물수수 외에도 공금횡령으로까지 나를 몰아"가게 되어 둘은 수배를 받는 처지에 놓인다.

"한순간 사랑에 눈이 멀 수도 있지. 달콤하니까. 하지만

달콤하니까. 하지만 달콤함이 필요하면 보리차에다 설탕을 타서 마시면 돼. 뇌수가 눅진해지도록 듬뿍 말이야. 사랑이 달콤한 건 달콤함을 즐길 준비가 된 인간들에게나 그런 거야. 도대체 우리가 사랑한다 해서 달라지는 게 뭔데?"

그때 그녀의 언어를 알아들었어야 했다. 무엇이 두려워 후드를 머리끝까지 뒤집어쓰고 잠이 들지 않으면 안 됐던 건지. 비어져 나오는 눈물을 참아 가며 눈가 주름을 화장으로 덮고 어디를 향해 가고 있었던 건지. 하다못해 그 샤넬 가방이 어디서 난 그냐고 그때 물었어야 했다. 지금 와서 아무리 나를 부인하고 그녀를 변호하고 싶어도 이미 늦어버린 것이다.

-「핑크로드」 부분

오랫동안 이어져 온 사랑이 한순간에 물거품이 되어버렸다는 걸 깨달은 직후 화자가 한스러워 하는 장면이다. 일이 걷잡을 수 없이 커져버려 여자가 살던 원룸으로 찾아들어 간 '나'는 경찰에 붙잡히고, 조사를 받던 중 사촌 또한 검거되었다는 소식을 듣는다. 끝까지 사촌을 두둔하며 자신이 시킨 일이라고 항의를 하지만 이미 경찰은 여자한테서 자백을 받은 터였다. 에스키모인들의 늑대사냥을 빗대 자신이 그 늑대처럼 자신의 "피가 묻은 칼을 핥고만" 사실을 직감하는 화자에게 진정한 사랑이란 무엇이었을까.

분홍빛만 보면 행복해지는 여자에게 빠져들면서, 그리고 "살다 보면 길인 줄 알고 가기 시작했는데 길이 아닌 경우도 있지만 처음부터 길이 아닌 줄 알면서도 들어서지 않을 수 없을 때가 있다. 내겐 그녀가 그랬다."고 생각하는 경우에 사랑이란 자신의 이성과 사회적 윤리 의지를 배반하면서 들앉은 하나의 성채일 것이다. 그것이 근친상간이라는, 극약을 선택한 경우라면 더욱더 그 성채가 달콤하면서도 은근한 매력과 아름다움으로 다가오지 않았을까. 그러나 모든 희열과 열정이 그렇듯이 사회가 줄 쳐놓은 보편적 관습의 선을 넘자마자 이미 파국은 시작된다. 이 논리에 따르면 두 사람 사이의 관계는 사실 사랑이 아니라 금기에 대한 욕망으로 변질되고, 따라서 이들은 결코 공동체의 합법적인 구성원이 될 수 없는 '탈사회적 이방인'이 되어버린다. 우리는 인류의 지난 역사에서 하나의 거대한 규칙으로 설정해놓은 자연법의 울타리를 벗어나는 순간 보호받거나 경계해야 할 '타자'가 된다. 타자들의 윤리가, 동일성의 원리로 작동하는 현 세계의 시각에서 보자면 교정해야 할 반(反) 윤리에 지나지 않다. 모든 반 윤리의 감정과 실천은 이미 악으로 지명당한다. 왜냐하면 그것은 누천년 동안 지켜온 인간의 존속 규칙을 건드리고 이를 파괴하려 하기 때문이다. 이런 세상에서 우리는 스스로 윤리적인 검열을 작동하고, 다른 사람들과 어떤 동일한 삶의 기제를 획득하려는 방향으로 삶을 일구는 것이다.

오영이의 소설은 우리가 지금까지 '선'이라 여겨왔던 가치들이 얼마나 사람들로 하여금 알게 모르게 그 가치를 훼손하고 파괴해왔는지 보여준다. 이는 자본주의라는 괴물과도 관련이 깊다. 그렇다고 하더라도 작가에게는 '소설'이라는 장르가 지금까지 추구해왔던 보편적이고 바람직한 세계가 과연 무엇인지 묻게 하는 요소를 분명히 갖추고 있다. 산업화와 민주화라는 거대 역사의 모서리에서 인간이 처한 불가해하고 아포리아 같은 세계가 펼쳐진다. 의도치 않은 길을 선택한 일이 걷잡을 수 없는 자기파멸에 이르기도 하고, 자신이 믿어 의심치 않았던 정신의 가치가 한순간에 한낱 불구덩이 속으로 뛰어들어 가는 나방처럼 허무해지기도 하는 것이다. 어찌 보면 이런 것들에 견주어 가난이나 상처, 혹은 절망은 삶의 양념과도 같을 수 있다. 그런데도 사람이라는 이유로 자신의 실존에 얼룩이 지면 슬픔과 분노의 감정을 쏟아내지 않을 수 없다. 다이아몬드로 치장한 영롱한 성채를 자신들의 삶에서 바라지만 '불행'이라는 이름의 여신은 어김없이 침실을 넘어 찾아온다. 지금 행복한 자들이건 검은 골목길 한 모퉁이에서 지나간 사랑의 눈물에 겨워 흐느끼는 자들이건, 누구에게든지 '공평무사한' 불행이 방문할 때 인간은 이 세상을 비로소 사무사(思無邪)로 돌아가는 마음으로 들여다보게 된다.

눈앞의 세계는 시커먼 파도에 무참히 휩쓸려버렸다. 이제는 더 이상 움켜쥘 사랑도 윤리도 그의 손아귀에 빼앗겨버렸으니 지나온 영광의 길을 끝끝내 검은 천으로 덮을 일만 남았다. 아니면 또, 아직도 우리 삶에서 행운이란 게 찾아올 것인가. 이 허망하도록 비참한 운명 앞에서 작가는 되묻고 있다. 우리가 아직도 살아남을 수 있게 하는 희망의 가능성은 무엇인가. 그래서 지금까지 우리 스스로를 눈멀게 했던 잔인한 욕망과 사회악의 구조에서 벗어나게끔 할 일말의 가망이라도 남아 있는가를. 해답 없는, 지난한 가능성의 사회와 인간의 내면 구조를 들춰보며 혹시나 열려 있을지도 모를 또 다른 세계를 탐색하는 일이야말로 오영이 소설이 추구하는 은밀한 창작방법인 셈이다.

작가의 말

저녁 빛이 짙어지는 창밖을 오래 바라보고 있어 본 사람은 안다. 건너편 건물에 하나둘 불이 켜지고, 짙어진 회색 아스팔트로 차가 몰려드는 풍경이 어떤 것인지. 초대 받지 못한 손님처럼 서성이다 사라져 버린 석양이 왜 전생의 기억만큼이나 믿을 수 없어지는지.

조금씩 밀도를 달리하며 검어지는 어둠은 이제 곧 밝음, 아니면 어둠으로 나뉠 것이고 그 어디에도 속하지 못하는 마음은 집 안에서도 나그네가 된다. 그러니 어디서부터인지 모르게 저녁이 오고 있는 시각에는 창밖을 오래 보고 있어서는 안 된다. 이유도 없이 외로워지고 싶지 않다면.

나는 이유도 없이 외로운 날이 많았다. 외로움이 소름처럼 돋아 온몸으로 퍼지면 말없이 글을 썼다. 비등점에 달한 분노가 기어이 욕이 되어 튀어나올 때도 자해하듯 글을 썼고, 뇌수가 녹아내리도록 소외감이 들 때도 글을 썼다. 심지어 배가 고파도 밥상을 차리는 대신, 밥, 콩나물국, 가지무침, 조기구이 따위의 단어를 썼다. 물론 감동으로 가슴 밑바닥부터 잔물결이 일렁일 때도 나는 글을 썼다.

그렇게 쓴 글이 소설이 되고 나는 작가가 됐다. 아직도 작가라는 호칭이 몸에 붙지는 않지만, 작가로 호명될 때마다 정신을 바짝 차리게 된다. 정신을 바짝 차리고 주위를 둘러보게 된다. 천천히, 주의 깊게, 아랫배에 힘을 주고 심호흡을 하면서, 그리고 아주 조심스럽게…….

좋은 소설을 쓰는 작가가 되고 싶다.

두 번째 소설집 『독일산 삼중바닥 프라이팬』을 출판하면서 나의 두 아들, 문만과 민규에게 사랑을 전한다.

수록작품 발표지면

독일산 삼중바닥 프라이팬 (2015 계간 『동리목월』)

황혼의 엘레지 (2013 『문예운동』)

마왕 (2012 『한국소설』)

핑크로드 (2015 『주변인과 문학』)

독일산 삼중바닥 프라이팬

초판 1쇄 발행 2016년 7월 15일
2쇄 발행 2017년 7월 15일

지은이 오영이
펴낸이 강수걸
편집장 권경옥
편집 정선재 윤은미 박하늘바다 김향남
디자인 권문경 조은비
펴낸곳 산지니
등록 2005년 2월 7일 제333-3370000251002005000001호
주소 부산시 해운대구 수영강변대로 140 BCC 613호
전화 051-504-7070 | 팩스 051-507-7543
홈페이지 www.sanzinibook.com
전자우편 sanzini@sanzinibook.com
블로그 http://sanzinibook.tistory.com

ISBN 978-89-6545-363-5 03810

* 책값은 뒤표지에 있습니다.
* 이 도서의 국립중앙도서관 출판예정도서목록(CIP)은 서지정보유통지원시스템 홈페이지(http://seoji.nl.go.kr)와 국가자료공동목록시스템(http://www.nl.go.kr/kolisnet)에서 이용하실 수 있습니다.(CIP제어번호: CIP2016015391)